세상에서 가장
행복한
청소부

세상에서 가장 행복한 청소부

청소부

니콜 횔르고 지음 | 황세정 옮김

성림원북스

> 여러분이 이 책을 읽으면서 한두 내용만이라도 공감할 수 있고
> 마음의 부담을 덜 수 있다면 무척 기쁠 것입니다.

이 책이 여러분 마음의 안식처 중 하나가 될 수 있기를 희망합니다.

_____ 님께 드립니다.

청소하는 행복한 철학자 니이츠 하루코

스키야마 다쿠미 | NHK 〈프로페셔널의 조건〉 디렉터

"누가 청소했는지는 진혀 중요하지 않아요. 그저 고객들
이 들어와 '어머, 참 깨끗하네'라고 생각해 주는 것만으로
도 충분하지 않나요? 고객들이 기뻐해 주는 것, 그것 하나
면 돼요."

밀착 취재가 끝나갈 무렵, 캄캄한 새벽 3시. 아무도 없
는 하네다공항의 화장실에서 이 말을 듣는 순간, 나도 모
르게 뜨거운 감정이 울컥 치밀어 올랐던 기억이 생생하
다. 빌딩 청소의 프로, 니이츠 하루코 씨가 가르쳐 준 일
의 방식. 그것은 이제 나에게도 일을 대할 때 지켜야 할

태도이자 중요한 지침이 되었다.

2014년 10월, 나는 NHK의 〈프로페셔널의 조건〉이라는 다큐멘터리 프로그램을 취재하기 위해 하네다공항으로 향했다. 이번 기획의 핵심은 '청소의 프로'였다. 일본의 청결함은 전 세계적으로도 유명하다. 그렇다면 그토록 깨끗하고 아름다운 모습을 지키고 있는 청소의 고수가 어딘가에 분명히 있으리라 확신했다. 여러 경로를 통해 청소부를 취재하던 중에 '하네다공항에 일본 최고의 청소부가 있다'는 소문을 들었다. 그렇게 알음알음 소개를 받아 찾아간 주인공이 바로 니이츠 하루코 씨였다.

일본 최고 청소의 신을 만나다

"오래 기다리시게 해서 죄송해요. 찾기 힘들진 않으셨어요?"

사람 좋아 보이는 미소를 지으며 반갑게 맞아 준 사람은 예상보다 훨씬 아담한 체구의 여성이었다. 체력이 생명인 청소 부문에서 일본 최고의 기술을 자랑한다는 소문에 몸집이 크고 다부진 여성일 거라 멋대로 상상했던지라, 연신 상냥한 미소로 화답하는, 평범하기 그지없는(?) 니이츠 씨의 첫인상은 솔직히 좀 의외였다.

게다가 니이츠 씨가 살아온 반평생은 더욱 예상하지 못했던 것이었다. 일본말이 조금 서툰 듯해 물어보니 제2차 세계대전 당시 중국에 남겨진 일본인 부친을 둔 중국 잔류 일본인 고아 2세로, 중국에서 나고 자랐다고 했다.

"열일곱 살에 일본으로 돌아왔지만, 가족들 모두 일본어를 전혀 못했기 때문에 일자리를 구할 수가 없었어요. 그나마 청소 일은 말이 통하지 않아도 가능했기에 환경미화 일을 시작하게 되었지요. 그때부터 이십오 년 넘게 줄곧 이 일을 하고 있어요."

니이츠 씨의 뒤이은 말이 감동이었다.

"청소 일이 고되기는 하지요. 3D (Dirty, Dangerous, Difficult 어렵고 힘든 것, 즉 더럽고 위험하며 어려운 일을 일컫는) 업종이라고들 하잖아요. 아직 사회적 편견과 지위도 낮고요. 하지만 그게 뭐 대수인가요? 저는 신경 쓰지 않아요. 저는 그저 제 일을 정말 사랑하거든요."

살며시 웃는 그녀의 행복한 표정에 반해 나는 그 자리에서 바로 출연 섭외를 했다.

그렇게 시작된 밀착 취재 현장에서 본 니이츠 씨는 마치 사춘기 소녀처럼 생기가 넘쳤고, 자신의 일을 진심으로 즐겼다. 일반 사람은 놓치고 지나갈 조그마한 얼룩조차 수십 미터나 떨어진 곳에서 찾아내는 신공을 발휘했다. '저기 있네!'라며 쏜살같이 달려가서는 신나게 마술을 부렸다. 청소에 사용하는 세제만도 80가지가 넘었고, 직접 청소 도구를 개발하면서까지 얼룩을 깨끗이 닦아내려는 고집스러운 면이 있었다.

더욱 놀란 것은 겉에 보이는 얼룩이나 때를 닦아 내는 것만으로는 만족하지 못했다. 예를 들어 화장실에 설치되어 있는 핸드 드라이기만 하더라도 촬영 스태프가 '정말 깨끗해졌네요'라고 감탄할 정도였지만, 왠지 성에 차지 않는다는 듯한 표정을 지었다. 그녀는 '불쾌한 냄새가 남아 있으면 안 된다'며 드라이기를 그 자리에서 분해하더니 내부까지 깨끗이 닦기 시작했다.

바닥, 유리창, 거울, 변기는 물론이고 온갖 구석을 샅샅이 닦는 모습을 보고 있자니 마치 공간 전체를 통째로 정화시키는 듯한 느낌이 들었다.

굳이 그렇게까지 하는 이유가 무엇일까. 그 질문에 니이츠 씨는 의미심장한 미소를 보냈다.

"일을 하는 이상 저는 프로잖아요. 프로라면 당연히 그렇게 해야지요. 이건 제 기분의 문제이기도 해요. 딱히 누가 뭐라 하는 건 아니지만, 이렇게 청소를 해야만 사방이 온통 깨끗해지고 맑아지는 듯해 행복합니다. 그렇게 정화된 모습을 보면 제 기분까지 좋아지니까요."

진심을 담아야 행복합니다

그녀는 자신만의 '일의 방식'을 이렇게 표현했다.

"저에게 일이란, 마음을 담는 것이에요. 제게 있는 상냥한 마음을 담는 거죠. 청소할 물건과 그 물건을 애용하는 사람들을 배려하고 걱정하는 마음을 담아요. 어떤 물건이든 마음을 담아야만 진심으로 깨끗하게 청소할 수 있어요. 청소하면서도 '지금 닦고 있는 물건과 그 물건을 사용하는 사람을 위해 무엇을 도울 수 있을까' 늘 고민해요. 마음을 담으면 다양한 아이디어가 떠오르고, 프로답게 청소한 덕분에 제 마음이 평온해지면 행복한 기운이 퍼져 다른 사람에게 전달할 수 있다고 봐요."

니이츠 씨의 이런 삶의 자세에 큰 충격을 받았다. 청소는 누구나 매일같이 하는 일이지만, 적어도 나는 화장실이나 더러워진 곳을 청소할 때면 매우 귀찮아하는 편이다. 하기 싫어서 보고도 못 본 척할 때도 있다. 하물며 더러워진 물건을 걱정하거나 상냥하게 대하는 일 따위는 불가능할지도 모른다. 그런 일을 니이츠 씨는 자신을 위해서가 아니라, 그 물건을 사용하는 누군가를 위해 자연스럽게 하고 있는 것이다.

"남들에게 높이 평가받기 위해 일하는 것이 아니에요. 저는 그런 것까지 바라지 않아요. 그저 어디까지 나의 마음을 다할 수 있을까를 고민하지요. 스스로를 청소의 장인이라 생각하거든요. '어디까지 할 수 있을까'만 생각해요. 결과적으로 누군가가 '이렇게 느꼈다더라, 기뻐했다더라'는 평가가 따라올 수는 있어도 그건 어디까지나 다른 사람의 평가일 뿐이에요. 처음부터 남들에게 칭찬 받기 위해 일하진 않아요."

고객의 마음을 꿰뚫는 배려의 달인

니이츠 씨의 이런 상냥한 마음은 청소 영역에만 그치지 않았다. 로비에서 교통카드를 주우면 주인을 찾아 주기 위해 공항 전체를 돌아다녔고, 길 잃은 고객을 발견하면 물어오기도 전에 달려가 안내해 주었다. 양손에 짐을 든 사람을 보면 앞질러 가서 출구 문을 연 채 기다리기도 했다. 심지어 야근을 마친 후 녹초가 된 상태에서도 절대 피곤한 모습을 보이지 않았다. 오히려 공항 이용객들의 편의를 위해 서비스할 수 있는 일이 없는지 늘 고민하고 자신의 일에 대해 깊이 탐구하는 모습을 보였다.

"저는 공항을 우리 집이라 생각해요. 집에 찾아온 손님들이라면 당연히 제가 대접해야 하지 않겠어요? '다음에 또 놀러 와 주세요' '편히 지내다 가세요'라고 말이에요. 손님들이 와서 편히 지내다 가려면 당연히 집 안

팎이 깨끗해야겠지요."

일본인 전쟁 고아 2세로 이지메 극복하고 행복 철학라던

　니이츠 씨는 결코 평탄한 삶을 살지 않았다. 어린 시절에는 잔류 일본인 고아 2세라는 이유만으로 중국과 일본 두 나라에서 괴롭힘을 당하며 자신이 있을 곳을 찾지 못했다고 한다. 게다가 일본으로 건너왔을 당시에는 형편이 매우 어려워 식빵 모서리를 먹으며 끼니를 때운 날도 있었다고 한다.

　그럼에도 니이츠 씨는 결코 남을 원망하거나 후회하지 않았다. 누구 하나 알아주지 않아도 괜찮다, 인정받지 못해도 상관없다, 그저 이곳을 이용하는 사람들이 참 깨끗하다고 기뻐해 준다면 그것으로 충분했다고 한다. 니이츠 씨는 이제 누구보다 행복한 삶을 살고 있다고 이야기했다.

　아침 6시, 니이츠 씨는 야간조 근무를 마치고 지친 몸으로 돌아가는 길에도 쓰레기가 눈에 띌 때마다 부지런

히 주웠다.

"오늘도 공항을 이용하시는 분들이 행복한 하루를 보냈으면 좋겠어요."

그 말을 듣는 나는 또 한 번 가슴이 뭉클해졌다.

세상 곳곳을 비추는 무명 프로들의 위대함

지금껏 〈프로페셔널의 조건〉에는 다양한 분야에서 활약 중인 일류 전문가 분들이 출연해 주셨다. 일류라 불리는 사람들 중에는 이미 언론의 주목을 받거나 사회적으로 높은 평가를 받고 있는 명망가들도 적지 않다. 하지만 이번 촬영을 계기로 '프로 중의 프로'는 지위나 명예와 무관한 곳에도 얼마든지 있다는 사실을 다시 한 번 느꼈다. 우리가 알아차리지 못했을 뿐, 우리 주위에는 이런 분들이 많이 존재할지도 모른다. 그리고 그런 분들이 남몰래 누군가를 위해 최선을 다하고 있는 모습이 나를 비롯한 많은 사람들의 마음을 흔드는 것이 아닐까.

니이츠 씨를 밀착 취재한 한 달 동안, 취재하는 사람으로서 지녀야 할 자세를 되돌아보게 되었다. 마치 마음이 깨끗이 정화되는 듯한 매우 의미 있는 시간을 보냈다.

자신의 일에 진심을 담는 사람이 프로페셔널

촬영 마지막 날. 니이츠 씨와 헤어지면서 마지막 질문을 던졌다.

"니이츠 씨가 생각하는 프로페셔널한 사람이란 어떤 사람입니까?"

되돌아온 답은 자신의 일과 진지하게 맞서고 있는 모든 사람을 격려하는 듯한 말이었다.

일 때문에 고민하거나 비틀거릴 때마다 그녀의 명언이 늘 나에게 힘이 되어 준다.

"목표를 갖고 매일 노력하며, 어떤 일을 하든 진심을 담을 수 있는 사람이 프로페셔널한 사람이라고 생각합니다."

무슨 일이든 진심을 담아야 행복합니다

안녕하세요? 저는 니이츠 하루코라고 합니다. 열일곱 살 때 중국에서 일본으로 건너왔습니다. 그 후 이십오 년 넘게 청소 일을 하고 있습니다. 업무에 임할 때는 제가 해야 할 일과 할 수 있는 일 모두를 완수해 내려고 애쓰고 있습니다.

그런 저의 일하는 모습을 NHK 다큐 프로그램 〈프로페셔널의 조건〉에서 멋지게 다루어 주셨습니다. 방송 후 사람들 앞에서 이야기할 기회가 늘어났습니다. 감사하게도 이 책의 출간 제의도 받게 되었고요.

언젠가 세미나에서 강연을 하고 돌아오는 길에 늘 함

께 참석해 주시는 회사의 오이누마   차장님께 여쭈어 본 적이 있습니다.

"차장님, 오늘 강연은 괜찮았나요? 다들 지루해하지는 않았을까요?"

텔레비전 방송이 큰 반향을 일으킨 덕분에 많은 분들이 제 강연에 참석해 주셨지만, 보잘것없는 저의 이야기가 '과연 도움이 될까' 몹시 불안했습니다. 왜 사람들은 제 이야기를 듣고 싶어 하는 걸까요? 사실 저는 그 이유를 아직도 잘 모르겠습니다.

그때 오이누마 차장님께서 들려주신 소감입니다.

"니이츠 씨는 사람들이 묻는 말에 아무것도 숨기지 않고 최선을 다해 솔직하게 이야기합니다. 나는 그 점이 좋다고 생각해요. 그러니까 지금처럼만 하면 돼요."

그 말에 용기를 얻어 무언가 거창한 것은 아니지만 가식 없이 진솔한 저의 이야기를 전하려 합니다.

일본인 전쟁 고아 2세의 치열했던 삶의 이야기

열일곱 살에 중국에서 일본으로 건너왔을 무렵, 일본

은 중국보다 수십 년이나 앞서 있었습니다. 눈에 보이는 모든 것이 놀랍기만 해서 가슴이 어찌나 뛰었는지 모릅니다. 하지만 놀라움도 잠시 '먹고사는 문제'에 직면해야 했습니다. 언어도 관습도 완전히 다른 새로운 세상에서 어떻게 삶을 꾸려 나가야 할까. 일단 그 문제에 집중할 수밖에 없었습니다. 여러분에게 도움이 될지 잘 모르겠지만, 그렇게 시작된 일본에서의 치열했던 제 삶의 이야기를 솔직하게 적었습니다.

단 하나 우려되는 일은 제 삶의 여정과 가치관이 모든 사람에게 들어맞는 것은 아니라는 점입니다.

예를 들어 '솔직함', 이 한 가지만 하더라도 누군가에게는 몹시 어려운 일일 수 있습니다. 아무것도 숨기지 않고 자신의 생각을 진솔하게 털어놓는 태도 때문에 자신과 생각이 다른 사람으로부터 많은 비판을 받을 수도 있습니다. 스스로에게 너무 솔직해진 결과, 자신이 속한 사회나 집단으로부터 떨어져 나오는 경우가 생길 수도 있습니다. 그러므로 천차만별의 고민을 안고 있는 사람에게 무조건 '솔직해지라'고 조언하는 것은 무리일 수도 있습니다.

조금이나마 공감과 위안이 될 수 있기를…

우리 주변에는 자신보다 약한 사람도 있고, 강한 사람도 있습니다. 요령이 좋은 사람도 있고, 서툰 사람도 있습니다. 건강한 사람도 있고, 장애가 있는 사람도 있습니다. 일본에서 생활하고 있는 각양각색의 외국인도 있습니다. 이처럼 다양한 사람들이 공존하지만, 한 사람 한 사람이 서로 다른 인간이기에 오히려 타인에게 상냥해질 수 있다고 생각합니다.

혼자라는 것도 전혀 두려워 할 일이 아닙니다. 여러분이 이 책을 읽으면서 한두 부분만이라도 공감할 수 있고, 마음의 부담을 덜 수 있다면 무척 기쁠 것입니다. 이 책이 여러분 마음의 안식처 중 하나가 될 수 있기를 희망합니다.

니이츠 하루코

2장 행복은 조건이 아니라
선택입니다

3장

세상 모두가
나의 스승입니다

1
장

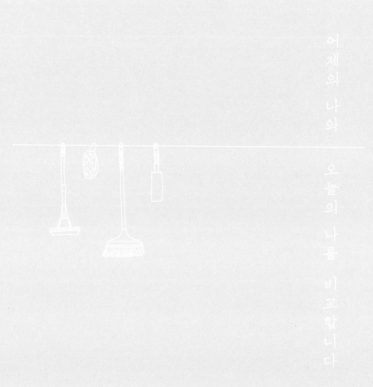

어제의 나와

오늘의 나를 비교합니다

행복하기 위해선
남에게 너무 신경 쓰지 말아야 한다.
—알베르 카뮈

하네다공항 터미널의 청소부로 일하기 시작
한 지 얼마 되지 않았을 무렵의 일입니다.

어떤 손님이 제가 보는 앞에서 쓰레기를 바닥에 휙 버
리고 지나갔습니다. 바로 옆에 쓰레기통이 있었는데도
말이죠. '네가 줍는 게 당연하지'라는 듯한 태도였습니
다. 어쩌면 그런 생각조차 하지 않았을지 모릅니다.

청소부를 마치 하인이나 투명 인간처럼 대하는 사람
이 적지 않아요. 청소 일을 하는 우리들은 그런 취급을
당해도 뭐라고 대꾸할 수가 없습니다. 화를 꾹 참고 묵묵

히 쓰레기를 주우며 청소를 이어 나갈 뿐이죠.

가족들과 처음 일본으로 건너왔을 당시, 일본말도 제대로 못하는 고등학생인 제가 구할 수 있었던 일자리는 청소 아르바이트밖에 없었습니다. 그렇게나마 학비와 생활비를 벌 수 있었던 것은 모두 청소부라는 직업 덕분이었습니다. 저는 스스로 이 일을 선택했습니다.

청소 기술을 하나둘씩 배우며 하네다공항의 정식 직원으로 근무하기 시작한 것이 스물네 살 때였습니다. 지금의 제1터미널이 생긴 지 얼마 되지 않았을 무렵이었습니다. 그 후 1998년에 국제선 터미널이 생겼고, 2004년에는 제2터미널이 생겼습니다. 2014년 3월에는 국제선 터미널이 리뉴얼되기도 했습니다. 이용객들이 점점 늘어나면서 공항의 규모 또한 커졌습니다.

지금도 젊은 직원들에게 자주 하는 말이지만, 저는 공항에 들어서는 순간부터 이곳이 우리 집이라는 마음가짐으로 일을 합니다. 누구나 제 집에 온 손님을 대할 때면 그렇듯이 '오늘 온 손님들은 어떤 분들일까?' '이 손님은 무슨 일로 곤란해 하는 걸까?' '저 손님은 무엇을 묻고 싶은 걸까?'라는 식으로 공항 이용객 한 사람 한 사람의 고충을 찬찬히 살피려고 노력합니다.

때문에 청소 노동자를 마치 투명 인간처럼 취급하는 사람을 만날 때면 몹시 슬퍼집니다. '우리도 다 같은 인간이란 말이에요'라고 말하고 싶어집니다.

하지만 그 한 사람에게 불평해 봤자 소용이 없어요. 그 사람이 그렇게 행동하는 것은 그런 환경에서 자랐기 때문일 테니까요. 예를 들어 '열심히 공부하지 않으면 나중에 빌딩 청소나 하게 될 거야'라고 말하는 부모 밑에서 자란 아이는 청소 일을 하찮게 여기지 않겠어요? 그런 인성 교육을 받고 자란 사람들을 일일이 붙잡고 설득해 봤자, 그들의 뿌리 깊은 편견을 바꿀 수 없습니다. 그렇게 하고 싶지도 않고요. 그보다는 사회의 가치관 자체를 바꾸어 나가고 싶습니다.

그를 위해서는 우리 청소부들이 언제 어디서든지 프로답게 일하며 더 좋은 모습을 보여 주어야만 해요. 자신의 일에 자부심을 갖고, 다른 사람들의 편견을 변화시킬 수 있을 만큼 제대로 일하는 게 중요해요. 그런 모습을 지속적으로 보이면 우리들의 직업의 가치를 알아봐 주는 사람이 반드시 나타날 거예요.

"이곳 화장실은 정말 깨끗하네요. 고맙습니다. 앞으로 더 깨끗하게 사용해야겠어요."

하네다공항의 화장실을 청소하러 들어갔을 때, 어떤 남성 이용객에게 들은 칭찬입니다. 그 말을 듣고 정말 기뻤어요. 저를 칭찬해 주었다는 점이 기뻤던 것이 아니라, 청소라는 제 일의 가치를 제대로 인정해 주었다는 점이 행복했습니다.

지금 하네다공항제1·제2여객터미널에서는 하루 500여 명 가까운 청소부가 일하고 있습니다. 모두 저와 같은 직업 윤리와 자부심으로 일하고 있기 때문에 하네다공항이 '세계에서 가장 깨끗한 공항'에 매해2013년·2014년·2016년·2017년 연속으로 뽑힐 수 있었다고 생각합니다.

청소 일은 지루할 틈이 없는 직업입니다. 공항엔 매일 다른 종류의 고객이 찾아와 뜻깊은 한때를 보냅니다. 어떻게 하면 손님들이 훨씬 기분 좋은 시간을 보낼 수 있을지 고민하고 연구합니다. 우리의 진지한 노력이 손님

에게 전해질 때마다 진정으로 보람을 느낍니다. 청소 기
술을 갈고닦는 재미도 쏠쏠합니다. 청소부는 단순한 서
비스맨이 아니라 숙련된 기술을 지닌 '장인'입니다. 저
는 그런 자부심을 품고 날마다 즐겁게 일하고 있답니다.

저를 칭찬해 준 것보다 청소라는 제일의 가치를 제대로 인정해 주었다는 점이 행복습니다.

저는 고등학교에 다니면서 세 종류의 아르바이트를 병행했습니다.

처음 이런 이야기를 들으면 고생을 많이 해서 힘들었겠다고 생각할 수도 있지만, 한 번도 고생으로 여긴 적이 없습니다. 그저 오늘보다 내일, 내일보다 모레…… 더 나은 생활을 하고 싶었던 것뿐입니다. '이만큼 일하면 월급을 받아서 이러저러한 것을 살 수 있겠구나'라는 생각밖에 없었습니다. 그만큼 일본에는 구경도 못해 본 물건들이 수두룩했거든요.

열일곱 살의 나이에 고향인 선양瀋陽을 떠나 아버지, 어머니, 언니, 남동생과 함께 일본으로 건너왔습니다. 아버지는 전쟁 당시 중국으로 건너간 일본인의 자식으로 이른바 '중국 잔류 일본인 고아'였고, 한 살 때 친부모와 생이별한 뒤 중국인 양부모의 손에 키워졌습니다.

어머니는 중국인입니다. 어머니의 집안은 7남매를 둔 대가족으로, 막내 남동생은 저희 언니보다 다섯 살, 저와는 일곱 살밖에 차이가 나지 않았습니다. 이렇듯 친척 간의 유대가 매우 강한 중국의 전통 가족 제도 아래에서 성장했습니다.

제가 태어나고 두 해가 지난 1972년, 일본과 중국은 국교를 회복했습니다. 얼마 후, 중국 잔류 일본인 고아의 친부모를 찾는 제도가 시행되었고, 아버지 또한 이를 계기로 일본을 방문했습니다. 일본에 다녀온 아버지는 가족 모두에게 '일본에 가서 살자'라는 제안을 꺼내셨습니다.

당시 일본은 전쟁이 끝난 후 눈부신 경제 성장을 이룩하며 한창 번영을 누리고 있었습니다. 아버지로서는 자식들에게 훨씬 발전한 일본에서 교육시키고 싶은 마음이 컸을 것입니다.

그러나 현실은 일본으로 영주 귀국하려면 매우 복잡한 절차를 거쳐야만 했습니다. 잔류 고아는 당연히 일본 국적이 없습니다. 저희 아버지도 중국인으로 자랐습니다.

1981년이 되어서야 일본 정부는 부모를 찾아주기 위해 잔류 일본인 고아 47명을 일본으로 초청했고 처음으로 영주 귀국하는 사람이 나타나기 시작했습니다. 이는 엄밀히 말해 친부모의 신원 보증인을 찾지 못하면 귀국이 어려워진다는 뜻이기도 했습니다.

일본 정부는 신원 보증인이 없는 사람은 고국으로 돌아오지 못하게 하겠다는 방침을 고수했습니다. 자세한 내용은 듣지 못했지만 귀국하기까지 많은 어려움과 고생을 감수하셨을 겁니다.

1987년 6월, 우리 가족은 무사히 나리타공항에 도착할 수 있었습니다. 일본에서의 생활은 온통 놀랍기만 했습니다. 당시 중국에는 세탁기를 사용하는 가정이 거의 없었고, 텔레비전도 아직 흑백이었습니다. 옷이라고는 인민복밖에 없었고, 색상도 한 가지밖에 없었습니다.

중국에서는 마오쩌둥이 1966년에 일으킨 문화대혁명이 1976년까지 이어졌습니다. 당시 수많은 사람들이 희생되었습니다. 공부를 할 수도, 멋을 부릴 수도 없었습니다.

그런 곳에 살던 사람들이 별천지 같은 일본에 왔으니 얼마나 놀랐겠습니까. 옷이 그렇게나 다채롭고 화려할 줄, 먹을 것이 그렇게 많은 줄 예전엔 미처 몰랐으니까요.

일본에서의 적응은 몹시 힘들었습니다. 정부로부터 생활보호 대상을 신청하겠냐는 권유를 받았지만, 아버지는 일을 하겠다며 생활보호 수급을 거부했습니다. 하지만 안정된 일자리를 찾는 것은 쉽지 않았습니다.

자식들 스스로 학비와 생활비를 벌어야만 했습니다. 저보다 먼저 일을 시작한 언니가 월급을 고스란히 집에 보태는 상황이었기에, 저 또한 가족의 식비 정도는 책임져야 했습니다. 힘이 센 편이었기에 장 보는 역할도 겸해서 말이지요.

간단히 데워 먹는 레토르트 햄버그스테이크를 좋아해서 테이프로 둘둘 말아 판매하는 '세 개 100엔짜리' 제품을 자주 사 오곤 했습니다. 원래 가격이 얼마였는지는 알지 못합니다. 늘 세일 제품밖에 사지 않았거든요. 두부 세 모에 100엔이라든가 달걀도 가장 알이 작은 것으로 열 개에 68엔 하는 저렴한 것들을 구입했습니다. 조금이라도 더 싼 물건을 사기 위해 자전거를 타고 두 정거장이나 떨어져 있는 곳까지 장을 보러 갔습니다.

인스턴트 햄버그스테이크보다, 다른 그 무엇보다 '대단하다!'라고 생각한 것이 바로 일본의 과일이었습니다. 멜론을 처음 먹었을 때는 신세계를 만난 느낌이었습니다. 포도나 귤도 충격적이었습니다. 딸기가 그렇게 부드럽고 향긋한 과일인지도 그때 처음 알았습니다.

저는 이런 맛난 과일을 일본으로 건너와 반년밖에 함께 살지 못한 외할머니를 위해 종종 구입했습니다. 할머니는 '난 괜찮으니까 괜스레 이런 비싼 데에다 돈 쓰지 말거라'라고 말씀하셨지만, 평생 고생만 하신 할머니께 싱싱한 과일을 대접하고 싶었습니다. 그저 할머니와 함께 별세계의 과일을 먹고 싶었습니다.

　‘이것도 없어, 저것도 없는데……’ 하는 식으로 자신이 가지지 못한 것을 타인과 일일이 비교하고 있었다면 아마 괴로웠을지 모릅니다. 그러나 제게는 오늘보다는 내일, 내일보다는 모레…… 더 나아지리라는 희망이 있었기에 힘들게 일했던 그 시간이 고생이 아닌 기쁨으로 다가왔습니다.

오늘보다는 내일, 내일보다는 모레……
더 나아지리라는 희망이 있었기에
힘들게 일했던 그 시간이 고생이 아닌
기쁨으로 다가왔습니다.

어제의 나와
오늘의 나를 비교합니다

초등학교 2학년인가 3학년이 되었을 무렵, 학교에서 심한 왕따를 당했습니다.

"궤이즈　！궤이즈　！꺼져! 꺼져!"

아이들이 심하게 놀려도 아무 말 못하고 그저 울면서 집으로 돌아왔습니다.

'르번궤이즈　　　'라는 말은 '일본인은 사람이 아니라 마귀나 짐승 같은 놈들'이라는 뜻의 인종 차별적 용어입니다.

어릴 적 중국에서는 초등학교 시절부터 학생들에게

항일 전쟁영화를 정기적으로 보여 주었습니다. 중국인들이 잔인무도한 짓을 일삼는 일본군에 맞서 싸우다 결국 승리하는 내용이었습니다.

영화가 끝나면 아이들은 모두 자신이 승리한 듯 통쾌한 박수를 쳤습니다.

이런 풍토였기에 아버지는 줄곧 자신이 일본인이라는 사실을 숨기고 살았습니다.

어머니도 아버지가 잔류 일본인 고아라는 사실을 모른 채 결혼하셨다고 합니다. 군국주의와 자본주의를 배격하고 사회주의를 고조시키던 마오쩌둥의 문화대혁명 시기였기에 더욱 숨길 수밖에 없었을 것입니다. 붙잡혀가면 큰일이니까요. 심한 경우에는 살아남지 못할 수도 있었습니다.

그러다 중일 관계가 정상화된 후, 아버지가 잔류 일본인 고아이며 일본에 부모를 찾으러 갈지도 모른다고 알려지자 중국에서 왕따를 당하기 시작했습니다.

선생님이 왜인지 모르겠으나 반 아이들에게 그 사실을 말해 버린 것입니다.

'아니, 도대체 왜? 내가 무슨 나쁜 짓이라도 저질렀나?'

마음속으로는 옳지 않다고 생각했지만, 내성적이었던 저는 매일 집으로 도망쳐 올 수밖에 없었습니다.

그날도 수업 중에 따돌림을 당해 울면서 집으로 돌아왔는데, 저보다 일곱 살 많은 외삼촌엄마의 막내 남동생이 집에 와 있었습니다.

학교에서 공부하고 있어야 할 시간에 왜 돌아왔냐고 다그쳐 묻기에 이유를 설명하자 외삼촌은 제 손을 붙잡고 다시 학교로 갔습니다.

'널 왕따 시킨 녀석이 누구야?'라고 묻기에 '쟤야'라고 손가락으로 가리키자 삼촌은 그 아이에게 주먹을 날려 버렸습니다.

그리고 그 아이의 집까지 쫓아가서는 부모에게 그 아이가 저를 괴롭힌 사실을 말하며 불같이 화를 낸 끝에 사과를 받아냈습니다.

"싸움을 할 때는 말이야, 도망치지 말고 정정당당히 맞서야 하는 거야."

그 사건을 계기로 저는 크게 변했습니다.

'울면서 도망쳐 봤자 무엇 하나 해결되지 않는다. 다음에 또 누군가 나를 괴롭히면 당당히 맞서 이겨 내자'라고 다짐했습니다.

싸움에서 지지 않기 위해서는 완력이 필요합니다. 외삼촌의 가르침에 큰 자극을 받은 저는 다음 날부터 몸을 단련하기 시작했습니다.

그 결과, 본의 아니게 4학년 때 투포환 선수로 선발되기도 했습니다. 시의 대표로도 뽑히는 등 연습을 하다 보니 몸이 더욱 튼튼해졌습니다.

왕따를 당하지 않기 위해 노력한 것뿐인데 생각지도 못한 포상까지 받게 된 느낌이었습니다.

그렇게 인정을 받자 더 이상 왕따를 당하지 않게 되었습니다.

저는 40대인 지금도 꾸준히 체력을 단련하고 있습니다. 그때 외삼촌이 행동을 통해 몸소 보여 준 '불의에 맞서 싸우는 강인함과 용기', 그 정신이 오늘의 저를 지탱해 주고 있다고 생각합니다.

'울면서 도망쳐 봤자 무언 하나 해결되지 않는다

다음에 또 누군가 나를 괴롭히면 당당히 맞서 이겨 내자.'

그때 외삼촌이 행동을 통해 몸소 보여 준

물이에 맞서 싸우는 강인함과 용기.

그 정신이 오늘의 저를 지탱해 주고 있다고 생각합니다.

일본으로 돌아와 일본어에 어느 정도 익숙
해졌을 무렵의 일입니다.

아버지는 운송 회사에 근무하게 되었는데, 어느 해인
가 직장에서 여름 야유회가 열렸습니다. 바다에 나가 선
상 낚시를 즐긴 후 잡은 물고기를 함께 나눠 먹는 행사
로, 사원 가족들까지 초대돼 참석했습니다. 수십 명가량
이 모였던 것으로 기억합니다.

참가자 중에는 피부색이 검은 젊은이들도 있었습니
다. 어느 나라에서 왔는지는 모르겠으나 해외에서 일본

으로 일하러 온 외국인 노동자였을 겁니다.

일본어가 그리 능숙하진 못했으나 다른 사람들과 어울리기 위해 최선을 다했습니다. 웃긴 행동을 하거나 장난을 치면서 사람들에게 웃음을 주려 애쓰고 있었습니다.

바로 그때 회사에서 꽤 높은 위치에 있는 듯한 일본인 한 명이 그 모습을 보고는 '바보들 아니야!'라고 버럭 소리를 지르며 뭔가를 집어던졌습니다.

누가 봐도 이건 외국인 노동자를 깔보는 듯한 오만불손한 태도였습니다. 저는 도저히 참고 있을 수가 없었습니다.

"지금 하신 행동은 차별 아닌가요?"

그 임원인 듯한 분께 항의했습니다.

"저 사람들이 일본어를 능숙하게 하지 못한다고 해서 깔보거나 무례하게 말씀하시는 건 아니죠. 다른 사람을 바보 취급하는 당신이 더 바보 아닌가요?"

뜻밖의 공격에 놀란 표정으로 이쪽을 쳐다봤지만, 곧바로 그 사람의 부인이 끼어들어 '그만 좀 하세요'라며 자신의 남편을 끌고 가 버렸기에 수습되었으나, 그 후는 어떻게 되었는지 모릅니다.

자신의 행동을 조금이나마 반성했을까요, 아니면 나이 어린 여자애한테 그런 소리를 들었다는 사실이 분해 씩씩거렸을까요.

어쨌든 그 사람은 아버지의 직장 상사였기에 다른 사람들은 껄그러워 면전에 대고 항의하거나 말대꾸를 하지 못했습니다.

그러나 저는 그런 것에 전혀 개의치 않고, 한번 잘못되었다는 생각이 들면 그 자리에서 반드시 말해야만 직성이 풀리는 성격입니다.

나중에 '그 상사가 직장에서 아버지에게 불이익을 주지는 않을까' 걱정되었으나 그렇다고 제 행동을 후회하지는 않았습니다. 아버지도 그런 제게 아무 말도 하지 않으셨고요.

의협심에 불타 외국인 노동자들을 위하는 마음에서 그런 행동을 한 것은 아닙니다.

그 순간에는 그런 생각조차 못했습니다. 그저 그 상사

의 차별적 언행에 뭐라고 하지 않을 수가 없었습니다.
그것뿐입니다.

청소 일을 하던 시기에 저는 명치 부위의 통증 때문에 허리띠를 꽉 졸라맨 채 일했습니다. 그렇게 하지 않으면 위가 너무 아파 잠시도 서 있을 수가 없었습니다. 허리띠를 졸라매면서까지 어떻게든 버텨야 하는 상황이었습니다.

지금 와서 생각해 보면 그 당시 사회적 약자로서 왕따와 차별 등 온갖 억울한 일들을 꾹 참고 견뎠기 때문이 아닐까 싶습니다. 직장에서 지갑이 없어졌을 때, 누군가가 '어차피 중국인이 한 짓이겠지'라고 속닥이는 것을 들은 적이 있습니다. 제가 의심을 받은 것은 아니었지만, 그 말이 주는 모멸감은 도저히 잊히지가 않습니다.

하지만 어떤 상황에서도 밝은 표정을 잊지 말자고 다독였습니다. 지금도 '니이츠 씨는 어쩜 그렇게 늘 생기발랄하세요?'라는 말을 종종 듣는데, 가만히 있으면 기분까지 축 처져 아무것도 하고 싶어지지 않기 때문입니다. 어릴 적부터 한시도 가만히 있지 못하고 뭐라도 해야만 하는 활동적 성격이라 제가 의욕을 잃고 우울해 하면 가족들이 먼저 걱정합니다. '무슨 일이야?' '오늘 왠지 너답지 않은데?' 하고 말이지요.

기왕 이 세상에 태어난 이상 '살아 있는 동안 최선을 다하자, 내가 할 수 있는 일을 모두 해보자. 그리고 즐겁게 살자' 이것이 제 생활신조입니다.

살고 싶었지만 더 살지 못한 생명, 태어나고 싶었지만 태어나지 못한 생명이 이 세상에는 너무나 많습니다. 그런 생명 탄생의 오묘함 속에서도 우리 부모님은 저를 낳아 주셨습니다. 부모에게 받은 귀한 삶을 어떻게 살 것인가. 그것은 제 책임입니다.

중국에서는 부모의 말을 절대적으로 따라야 합니다. 지금은 인식이 많이 변했을지 모르지만, 적어도 제가 어렸을 때는 부모님 말을 거스른다는 것은 상상조차 할 수 없었습니다. 우리 부모님은 훨씬 엄격하신 편이었기에 혼자 이웃집에 놀러 가는 것조차 허락하지 않았습니다. 함께 가더라도 늘 부모님 뒤에 딱 붙어 있어야만 했고, 허락이 떨어질 때까지는 자리에 앉을 수도 없었습니다. 집주인이 과자를 대접해도 부모님이 괜찮다고 말하기 전에는 절대로 먹을 수 없었습니다.

열일곱 살에 일본으로 건너온 후에도 통금 시간은 언제나 밤 9시로 정해져 있었습니다. 1분이라도 늦으면 아버지께서 현관 앞에 지키고 계시다가 '지금이 몇 시인 줄 아느냐!'며 호통을 치실 정도로 엄격하셨습니다.

일본에서 생활한 지 얼마 안 되었을 무렵, '나 하고 싶은 대로 하겠다'며 부모님에게 강하게 반항했던 적이 있습니다. 아마 사춘기였나 봅니다. 그러자 어머니는 '그런 말 하지 마라. 우리가 이제껏 얼마나 고생하며 너를 키운 줄 아니'라며 우셨습니다. 밤새 잠도 못 자고 우리를 돌본 일이나, 비 오는 날 삼형제를 자전거에 태우고 몸이 젖지 않도록 커다란 비닐 시트를 씌워 통학시킨 일을 말씀하셨지요. 그런 어머니에게 '그건 부모로서 당연히 해야 할 일이지. 어릴 때는 혼자 할 수 없으니까 어쩔 수 없잖아'라고 대들어 버렸습니다.

그 말을 내뱉자마자 '아, 이건 좀 심했는데……'라며 바로 후회했습니다. 지금까지도 그 일에 대해서는 부모님에게 죄송할 따름입니다.

저는 체중이 1킬로그램도 되지 않는 미숙아로 태어났습니다. 의사에게 '이 아이는 제대로 크지 못할 확률이 99%입니다'라는 청천벽력 같은 말을 듣고, 어머니는 하루하루를 눈물로 보냈다고 합니다.

그토록 미숙아였던 제가 다행히도 별 탈 없이 자라 두 발로 걷게 되었지만, 부모님은 여전히 걱정스러웠다고 합니다. 초등학교 6학년 무렵에는 키 128센티미터에 체중 45킬로그램을 자랑하는 튼튼한 아이로 성장했는데도 말입니다.

지금은 부모님이 저에게 쏟은 애정이 얼마나 깊은지

잘 알고 있습니다. 부모에게는 자식을 잘 돌봐야 할 책임이 있듯, 성인이 된 자식에게도 부모를 잘 봉양해야 할 책임이 있다는 것을 깨달았습니다. 저는 과연 부모님이 자랑스러워할 만한 자식으로 성장했을까요? 자식이 사회인으로서 제 역할을 다하며, 자신의 인생을 열심히 산다면 부모도 그 모습을 보고 함께 기뻐해 주시리라 믿습니다.

'인생을 후회 없이 열심히 사는 것'이 제 삶의 신조이지만, 사실 이를 제일 잘 실천하고 있는 것은 바로 어린이들이라 생각합니다. 하네다공항을 찾는 많은 고객들 중, 특히 어린이들을 통해 늘 많은 것을 배우곤 합니다.

어린이들은 뭔가를 할 때 그 일에만 집중할 뿐 아무 생각도 하지 않습니다. '그저 하고 싶으니까, 재미있으니까' 할 뿐입니다. 아이들이 즐거워하는 모습을 보고 있노라면 저까지도 즐거워집니다.

저 역시 언제까지나 그렇게 순수하게 살고 싶지만, 어른이 되면 왜 그토록 당연하고 단순한 일이 어려워지는 걸까요. 어째서 어른들은 늘 자신에게 유리하고 편한 쪽을 택하려 드는 걸까요. '잘되라는 마음에서라든가 누군가를 위해서라든가' 얼핏 그럴듯한 이유를 붙일 때도 많이 있습니다. 결과적으로 모든 사람을 위한 일이 된다면 좋겠지만, 처음부터 뭔가를 할 때 그런 구실을 단다는 것부터 잘못되었다는 생각이 듭니다.

어린이들은 무슨 일이든 자기 뜻대로 합니다. 그저 자신이 하고 싶은 일을 할 뿐입니다. 무엇 하나 겁내지 않지요. 그런 솔직한 마음으로 뭔가를 한다면 더 기분 좋게 할 수 있지 않을까요. 물론 앞만 보고 달리다 뭔가에 부딪히거나 다칠 수도 있습니다. 하지만 그 과정에서 뭔가를 배우며 성장할 수 있고, 무엇보다 스스로 결정한 일이므로 다른 사람을 탓할 일도 없습니다.

생각해 보면 저는 줄곧 그렇게 살아온 것 같습니다. 사실 저는 생각 자체가 어린이들과 많이 비슷합니다. 아마도 제 안에는 때 묻지 않고 줄곧 어린아이인 채로 남아 있는 동심이 있는 것 같습니다.

저는 그렇게 순수하게 사는 것이 나쁘지 않다고 봅니다.

머뭇거리지 말라고, 편하게만 살려고 하지 말라고 스스로를 다독일 때면 저는 동심으로 돌아가려 노력합니다. 그때마다 좋은 본보기가 되어 주는 것이 바로 아이들입니다.

저는 사진 찍는 것을 좋아합니다. 일본으로 귀국한 후 하나둘씩 찍기 시작한 것이 이제는 정리할 수 없을 만큼 엄청난 양이 되었습니다. 추억을 남기기 위해서가 아니라, 잊기 위해 사진을 찍습니다.

나쁜 일뿐만 아니라 좋은 일도 가급적 잊고 싶습니다. 사람들은 대부분 나쁜 일은 잊어버리고 좋은 일만 오래 기억해 두고 싶어 하기 때문에 '좋은 일도 잊는다'고 말하면 깜짝 놀랍니다.

하지만 저는 아무리 좋은 일이라 하더라도 지나간 일

은 그저 지나간 것일 뿐이라 생각합니다.

최근 들어 유명세를 타면서 생각지도 못하게 일이 늘었습니다. 텔레비전이나 잡지에 출연하거나 강연과 세미나 등에 초청돼 개인적인 경험을 이야기할 기회가 많아졌는데, 그런 자리에서 '니이츠 씨, 그때는 어떠셨나요?'라는 질문을 받아도 구체적인 상황이 기억나지 않아 죄송할 정도입니다.

저는 가급적 뒤를 돌아보지 않으려고 합니다. 뒤를 돌아보고 후회하다 보면 그만큼 앞으로 나아가는 것이 늦어지기 때문입니다.

무슨 일이든 처음엔 늘 출발점이 존재하며, 그 시작점부터 현재까지가 하나의 길로 이어져 있습니다. 그 길을 묵묵히 걸으며 경험을 쌓는 과정에서 실력도 점차 늘어납니다. 청소 일도 마찬가지입니다.

처음에는 무엇 하나 아는 것이 없습니다. 그러나 경험을 쌓고 조금만 관심을 갖고 공부하다 보면 할 수 있는 일이 점점 늘어납니다. 그렇게 몸으로 익힌 것은 절대로 잊어버리지 않습니다. 그리고 그 길은 지금도 계속 이어지고 있습니다.

그런 이유로 더 많은 것을 배우고 싶습니다. 다른 동료들에 대해서도 좀 더 알고 싶고, 새롭게 만나는 사람들의 이름이나 얼굴도 제대로 외워 두고 싶습니다.

그러려면 시대에 뒤처지고 쓸모없어진 낡은 정보를 버려야만 합니다. 제 뇌 용량은 그렇게 크지 않으니까요. 예전의 무의미한 기억을 폐기 처분하거나 청소하지 않는다면 금세 꽉 차 버리고 말 것입니다.

그래서 저는 추억은 모두 사진에 담고, 가급적 머릿속에는 남겨 두지 않으려 합니다. 가끔씩 사진을 볼 때면 '아, 그때 이 사람과 함께 있었지'라든가 '여기에 갔었지' '그때 참 즐거웠는데'라는 식으로 잠시 떠올릴 뿐입니다. 마치 잘 정돈된 창고에 보관해 두는 것처럼 말이지요.

저에게는 지금 이 순간이 무엇보다 중요합니다. '지금 이 순간, 앞을 향해 나아가고 싶다. 지금 내가 좋아하는 일, 지금 내가 싫어하는 일과 정면으로 부딪혀 보고 싶다. 지금까지 하지 못했던 일에 도전할 수 있었으면 좋겠다.' 그런 생각을 합니다.

지금까지 하지 못했고 알지 못했던 새로운 일에 적극적으로 뛰어든다면 지금과는 또 다른 제가 될 수 있을 거라 생각합니다.

— 저에게는 지금 이 순간이 무엇보다 중요합니다.

지금 이 순간, 앞을 향해 나아가고 싶다.

지금까지 하지 못했고 알지 못했던

새로운 일에 적극적으로 뛰어든다면 지금과는

또 다른 제가 될 수 있을 거라 생각합니다. —

2
장

행복은

조건이 아니라 선택입니다

어리석은 사람은 행복을 먼 데서 찾는다.
현명한 사람은 행복을 자신의 발밑에서 키운다.
─제임스 오펜하임

사람들은 저보고 지기 싫어하는 성격인 것
같다고 말하지만, 저 자신은 그렇게 생각하지 않습니다.
다른 사람과 비교하지 않기 때문입니다. 저는 늘 제 자
신과 비교합니다.

마음먹은 일을 끝까지 해내지 않으면 그런 자신에게
화가 많이 나고 짜증까지 납니다. 어떤 일에서 좋은 결
과를 거두지 못하면 그 일을 하지 않은 것처럼 찜찜하게
느껴지기도 합니다.

그런 점 때문에 지기 싫어하는 승부욕 강한 성격 같다

고 하는 걸까요? 하지만 누군가를 반드시 이기고 싶다거나 그 사람처럼 되고 싶다고 생각한 적은 없습니다.

저는 제 자신이 그리 머리가 좋은 편은 아니라 생각합니다. '에이, 그렇지 않아요'라고 위로해 주는 사람도 있겠으나 타고난 머리나 자라온 환경 탓에 아무리 공부를 열심히 해도 따라가지 못하는 부분이 있습니다.

냉정하게 평가했을 때 다른 사람보다 머리가 뛰어난 편은 아니지만, 그렇다고 해서 자신을 남과 비교하며 좌절하는 짓은 하지 않아요.

다른 사람과 비교해 봤자 저만 비참해질 뿐이니까요. 그건 자신에게 가장 해가 되는 어리석은 행동입니다. 마음속에 스스로를 비하하는 습성과 비참함이 숨어든다면 마음이 병들지 않을까요.

그래서 저는 차라리 남이 아니라 내 자신과 비교하자고 마음먹었습니다. 그러면 오늘보다 내일, 내일보다 모레…… 더 나은 모습으로 매일 조금씩 성장할 수 있으니까요.

그렇게 무언가를 위해 조금씩 앞으로 나아가는 편이

훨씬 현명하고 즐거우리라 생각합니다.

　저는 글을 읽는 것이 서툴러서 학창 시절 시험공부를 할 때마다 몹시 고통스러웠습니다. 기본적인 이론은 알고 있었지만, 시험을 보는 것은 또 다른 차원의 문제였습니다.

　평범한 일본어 문장을 읽어 내는 데만도 엄청난 시간이 걸렸거든요. 문제를 그 자리에서 읽고 이해하는 데만도 시간이 부족하므로 저만의 특이한 방법으로 시험에 대비했습니다.

　그 방법이란 엄청난 양의 기출문제를 푸는 것이었습니다. 그때 푼 문제가 아마 천 개도 넘었을 겁니다.

　기출문제집을 보며 머릿속으로 풀어 나가다가 도중에 틀리면 처음으로 되돌아가고, 이런 식으로 마지막 정답이 나올 때까지 계속 반복 학습했어요.

　문제의 뜻을 이해 못해도 그냥 통째 외워 버리는 거죠. 이렇게 계속 훈련하다 보니 문제의 뜻이 조금씩 이해되고, 익숙해지더라고요.

　그렇게 익숙해진 문제를 하나둘씩 제외하고 나면 최

종적으로 도저히 이해가 가지 않는 문제만 남게 됩니다. 그런 문제들은 마지막에 집중적으로 외웠어요.

좀 별난 공부법이기는 했지만, 저에게는 목표를 차근차근 달성해 나가는 즐거움을 던져 준 고마운 공부법이랍니다.

인간은 저마다 얼굴도 다르고 성격도 달라요. 저는 저만의 방법을 터득해 앞으로 나아갈 뿐입니다.

아무것도 하지 못하던 내가 무엇이든 할 수 있는 나로 발전한다는 것이 중요하지요. 그것이 곧 삶의 기쁨이 아닐까요?

행복은 이렇게 조건이 아니라 스스로가 선택해 찾아가는 일이라 생각합니다.

—— 것은 사람의 방법을 터득해 감으로 나이 값 뭣입니다.

아무것도 하지 못하던 내가 무엇이든 할 수 있는 나로 발전한다는 것이

중요하지요. 그것이 곧 삶의 기쁨이 아닐까요?

행복은 이렇게 조건이 아니라

스스로가 선택해 찾아가는 일이라 생각합니다

노력은
배신하지 않는다

무슨 일이든 얼마만큼 노력하고 있는지는 자신이 제일 잘 안다고 생각합니다.

제가 일을 대충 허술하게 하지 않는 이유는, 다른 사람의 눈은 속일지라도 자신은 속일 수 없기 때문이에요. '이 정도만 해도 괜찮지 않을까' 하고 소홀히 끝내 버리면 남들은 잘 모르겠지만 본인은 찜찜한 기분이 들 겁니다. 자신을 속이는 일은 불가능하니까요.

거짓말을 한다는 건, 그만큼 신경을 쓴다는 뜻이에요. 한번 거짓말하면 말을 맞추기 위해 꼬리를 물고 다른 거짓말을 할 수밖에 없어요. 언제 어떤 거짓말을 했는지 일일이 기억할 수는 없어요. 숨기려고 노력해도 빈틈이 생겨 주위 사람들에게 언젠가는 들킬 테고, 그런 일에 온통 신경 쓰다가는 지치고 말 거예요.

그렇다면 차라리 좀 고지식하다는 말을 듣더라도 있는 그대로 솔직하게 사는 편이 훨씬 마음도 편하고, 인간답게 살 수 있지 않을까요.

실수도 마찬가지예요. 살다 보면 누구나 실수를 저지르는 법인데, 한번 숨겨 버리면 언제 들킬지 몰라 늘 마음 졸이며 살 수밖에 없습니다. 자신이 저지른 실수로부터 도망치려고 해도 덫에 걸려 도망칠 수 없는 법이죠. 오히려 나중에 감당할 수 없을 만큼 문제가 커져 많은 사람들에게 피해를 입히는 것이 훨씬 나쁘다고 생각해요.

젊은 사람들에게 이런 이야기를 하면 '니이츠 씨도 실수할 때가 있나요?'라고 묻습니다. 당연히 저도 그럴 때가 있습니다. 젊은 시절부터 뭔가 실수를 저지르면 '그건 이렇게 되었습니다'라고 솔직히 인정하고 상부에 반드시 보고합니다. 지금도 그렇게 하고 있습니다.

요청받은 보고서나 서류를 제시간에 완성하지 못해 제출 기한을 넘길 때도 종종 있습니다. 그럴 때는 있는 그대로 '죄송합니다, 아직 완성하지 못했습니다'라고 말합니다. 그리고 일본어로 글 쓰는 것이 서투르니 대신 사람들 앞에서 구두로 설명하게 해 달라고 부탁합니다.

반대로 한 장으로 끝날 연수 보고서가 서른 장으로 늘어나 버릴 때도 있습니다. 전하고 싶은 내용은 너무 많은데 글로 잘 설명이 안 되니 '그럼 사진을 넣을까' 하고 아이디어가 떠오르다 보니 늘어나 버린 것입니다. 보고서를 받으신 분도 아마 깜짝 놀랐을지 모릅니다. 전부 다 읽어 주셨을까요?

어떤 경우에도 거짓말을 하거나 실수를 숨겨서는 안 된다고 말하려는 것은 아닙니다. 도저히 말하지 못할 일이라면 말하지 않아도 괜찮습니다. 고지식한 사람이 된다는 것은 의외로 꽤 힘든 일이니까요. 그저 자신의 마음에 솔직해지자는 것입니다.

마음이 상쾌하지 못하고 뭔가 걸리는 일이 있으면 본인만 괴롭습니다. 사람은 마음 상태가 얼굴에 그대로 드

러나기 마련이므로 뭔가를 숨기고 있다면 상대방에게
무슨 말을 해도 설득력이 떨어질 수밖에 없습니다.

여유를
갖는다는 것

공항을 이용하는 고객 한 분 한 분은 평생
단 한 번밖에 만나지 못할 인연일 수도 있습니다. 그렇
기에 손님을 대할 때 늘 최선을 다하려 노력하지만, 가
끔은 '이렇게 하면 더 좋았을걸' '저렇게 하면 더 좋았을
텐데' 하는 마음이 들 때가 있습니다.

'다시 차분하게 생각해 보니 그 아주머니에게 그런 식
으로 대답하는 게 아니었어. 이렇게 말할 수도 있었는
데……'라는 식으로 말이지요.

자신의 일에만 신경 쓰기 급급한 상황에서는 상대방

을 배려할 수가 없습니다. 머릿속에 여유가 없으면 상냥한 마음이 우러나질 않으니까요.

하지만 언제나 '여유를 갖는다는 것'은 생각처럼 쉽지 않습니다. 엄청난 내공이 필요하지요. 때로는 누군가가 말을 걸어 와도 알아차리지 못하기도 하고, 다른 사람의 이야기를 한 귀로 듣고 한 귀로 흘려버릴 때도 있습니다.

심한 경우에는 무의식적으로 얼굴이나 태도에 짜증이 묻어나기도 하지요. 그런 경우, 머릿속을 복잡하게 하는 뭔가가 있기 마련입니다. 걱정이 있다든가 안 좋은 일이 있어서 화가 가라앉지 않는다든가요.

특히 여성들은 이것저것 걱정을 많이 하는 편이라 걱정거리가 하나라도 생기면 큰 영향을 받습니다.

저는 '지금 여유를 잃었구나'라는 신호가 오면 머릿속을 복잡하게 하는 요인을 제거할 방법부터 궁리합니다. 쓸데없는 생각을 밖으로 밀어내고, 눈앞에 놓인 일에 집중합니다. 그러면 그 일에 푹 빠져들 수 있습니다.

말은 이렇게 하지만, 실제로는 좀처럼 집중하지 못할

때도 많습니다. 신경이 잔뜩 곤두서 있으면서도 그런 자신의 모습을 깨닫지 못합니다.

　남성은 그런 상황에 훨씬 능숙하게 대처합니다. 여성보다 평정심을 잘 유지하는 편입니다.

　저는 한번 화가 나면 심하게 화를 내는 편입니다. 반대로 크게 감격하거나 감동하는 일도 많아 감정 조절에 어려움이 많습니다.

　감정을 제대로 다스리지 못할 때는 옥상으로 향합니다. 제가 근무하는 터미널 빌딩의 전망 데크에 올라가 탁 트인 하늘과 바다를 바라보며 마음을 차분히 가라앉힙니다.

　그렇게 복잡한 머릿속을 차분히 정리하고 나면 다시 일에 집중할 수 있게 됩니다.

　마음에 여유가 생기면 고객들이 하는 사소한 말이나 행동에서 많은 것을 읽어 낼 수 있습니다.

　저는 늘 그런 상태를 유지한 채 고객을 맞이하고 싶습니다. 그것이 진정한 프로의 자세가 아닐까요?

— 지금 여유를 잃었구나. 라는 신호가 오면

머릿속을 복잡하게 하는 요인을 새기한 방법부터 정리합니다.

늘때없는 생각을 밖으로 밀어내고, 눈앞에 놓인 일에 집중합니다

그러면 그 일에 푹 빠져들 수 있습니다. —

스스로 목표를 설정하고, 반드시 좋은 성과
를 만들어 낼 것. 저는 그런 성격의 사람이지만, 세상에
는 저처럼 성취욕이 강한 사람만 있지는 않습니다.

마음먹었던 일을 오늘 하지 못했다든가, 생각했던 것
만큼 좋은 성과를 거두지 못했다든가 하는 일이 누구에
게나 흔히 있습니다.

물론 저도 마찬가지입니다. 그럴 때는 마음을 가다듬
고 다시 내일부터 열심히 하면 됩니다.

다만, '난 이렇게 할 거야' 다음엔 '저렇게 해 볼까?'

하는 도전 의식 자체는 잃지 않았으면 합니다.

생각은 행동을 일으키는 원점이 됩니다. 사람은 자기 주관이 없으면 다른 사람의 생각에 맞추어 움직이게 됩니다.

그렇게 항상 다른 사람에게 맞추어 살다 보면 자신의 본모습을 알 수 없게 됩니다.

남에게 맞추어 살기만 하면 주변 사람들도 '저 사람은 속으로 무슨 생각을 하고 있을까?'라고 의심의 눈초리를 보낼 것입니다.

저는 '빌딩 클리닝 기능사' 외에도 현장 감독자나 지도원 등 여러 자격증과 면허를 부지런히 취득했습니다. 제 업무와 무관한 연수에도 참여했고, 2015년에는 '하우스 클리닝 기능사'와 '병원 청소 수탁 책임자' 시험도 봤습니다.

일과 공부를 병행하는 것은 상당히 힘듭니다. '왜 내가 이 고생을 사서 할까?'라는 생각도 들지만, 결국 제가 좋아서 하는 일입니다.

처음 직업훈련학교를 통해 청소 일에 도움이 되는 자

격증이 있으며, 그 종류 또한 매우 다양하다는 것을 알았을 때, '순서대로 모두 취득해 버릴 거야'라고 목표를 세웠습니다.

우리 회사에 들어와 제일 먼저 '빌딩 클리닝 기능사' 자격증을 땄는데, 당시 회사에는 그 자격증을 취득한 사람이 저 외에 두 명밖에 없었고, 여성으로서는 제가 최초였습니다.

저는 '이 일을 계속해 나가기 위해서는 자격증이 당연히 필요하겠지' '이렇게 열심히 노력하고 있는데 따지 못할 리 없지'라는 굳은 각오로 자격증을 취득한 것뿐입니다.

그런 도전 정신과 노력의 결과 주위 사람들에게 '니이즈 씨는 이런 일이 하고 싶은 거군요'라든가 '이런 일도 할 수 있군요'라는 식으로 저를 좀 더 알릴 수 있게 되었던 것 같습니다.

다른 사람이 시키면 하고 시키지 않으면 하지 않는 수동적인 자세가 아니라, 내가 정말로 하고 싶은 일이 무엇인지 잘 생각해 봐야 합니다.

그런 적극적 노력이 사라질 것 같을 때에는 혼자서 자신의 생각을 노트에 적어 보거나 스스로에게 질문을 던져 보는 것도 좋은 방법일 겁니다.

여성이라 못한다는
편견 깨기

지금의 회사에서 청소 일을 시작한 첫날 벌어진 일입니다. 그날은 형광등 청소를 하는 날로, 선배들을 따라 현장으로 향했습니다.

신입인 내가 더 열심히 움직여야 한다는 의욕이 앞서 무턱대고 앞장서서 걸었다가 여자 선배에게 '너는 맨 뒤에 따라와'라는 주의를 받았습니다. 별것 아닌 일이었지만, 의견 충돌은 거기서 끝나지 않았습니다.

형광등을 청소할 때는 한 사람이 약 2미터 높이의 접이식 사다리에 올라가 전구를 빼면, 아래에 있는 사람이 그것을 받아 신속히 닦습니다. 따라서 접이식 사다리를 붙잡고 있을 사람도 분명히 필요합니다. 그런데 역할을 교대하면서 여러 곳을 돌아다닌 후, 사다리 위에 올라가 전구를 빼는 작업을 시켜 달라고 말하자 방금 전에 주의를 주었던 여자 선배가 단호히 안 된다고 거절했습니다. '주제넘게 나서지 말라'라고 말이지요.

그 일은 남성이 있을 때는 남성에게 맡기는 것이 상식이라고 했습니다. 여성은 걸을 때도 항상 남성의 뒤에 서야 하고, 높은 작업대에 올라가는 일도 여성이 아닌, 남성의 몫이었습니다.

'너는 상식도 없니?'라는 핀잔을 들었지만, 그런 말도 안 되는 고리타분한 상식이라면 없어도 상관없습니다.

저는 원래 2년 동안만 계약한 아르바이트생으로 채용된 것이었습니다. 결과적으로는 3개월 후에 준사원이 되었고 전국 대회에서 우승한 뒤에는 정사원이 되었지만, 처음에는 일을 배우기 위해 이곳에서 아르바이트를 시작한 것뿐이었습니다.

그런데 '일을 시켜 주거나 가르쳐 주지 않는다니 그게

무슨 소리지?' 정말 영문을 알 수 없었습니다.

저는 일하고 싶다는 뜻을 확실하게 밝혔지만, 아무리 설명해도 통하지 않았습니다. 일본인은 원래 이런 관습이 있다는 답변만 돌아왔습니다. 저는 상사에게 보고하고 일을 시켜 달라고 호소했습니다. 여성은 그 작업엔 끼어선 안 된다는 것부터가 말이 되지 않는다고 말이지요. 어떤 이야기가 오갔는지는 모르겠지만, 그 선배는 한동안 저에게 말을 걸지 않았습니다.

이것이 제가 이 회사에서 일하게 된 첫날 벌어진 웃지 못할 에피소드였는데, 이 이야기를 하면 다들 갓 들어온 아르바이트생이 어떻게 그렇게 자기 의견을 또박또박 말할 수 있었냐고 신기해 합니다.

제 성격이 워낙 센 편이기도 하지만, 다른 이유도 있습니다. 만약 일을 전부 배우지 못한 채 해고당하는 상황에 놓인다면 여러분은 어떻게 하겠습니까?

저희 부모님은 저에게 두 가지를 가르쳤습니다. 한 가지는 '다른 사람에게 폐를 끼쳐서는 안 된다'는 것이었고, 또 다른 한 가지는 '자신이 먹을 것은 스스로 마련하라'는 강한 자립심이었습니다.

그러려면 일자리를 구해야만 합니다. 즉, 벌어먹어야 하는 상황이라면 어떻게 하는 것이 좋을까 진지하게 고민하게 됩니다. 그 결과 '여성은 세 걸음 물러나는 것이 일본의 상식'이라 해도 '네, 알겠습니다'하고 무조건 뜻을 굽힐 수는 없다고 생각했습니다. 뜻을 굽히는 순간 내 밥그릇이 사라져 버리니까요.

오해 없도록 말씀드리자면, 그 선배와는 그 후 어떠한 계기로 화해를 했고, 지금은 가장 친한 사이가 되었습니다.

게다가 일본 사회에 만연한 불합리한 관습이 싫었던 것이지, 애초에 그 선배 자체가 싫었던 것도 아니었고요. 처음에는 저 때문에 많이 당혹스러워했지만, 제게 일을 가르쳐 주고 많은 도움을 준 사람 역시 그 선배였습니다.

일하다 보면 주변 사람들과 의견이 맞지 않아 부딪히는 일이 당연히 생깁니다. 지금이라면 그렇게 즉각 반발하지 않고 좀 더 상대방의 입장에서 생각하는 여유를 가졌을 것입니다. 그렇더라도 역시 제 뜻을 굽히지는 않았겠지만 말이지요.

저는 늘 최선을 다하려 노력하기에 제 뜻이 받아들여
지지 않았을 때 받는 충격도 남들보다 몇 배나 큽니다.
그렇다고 다른 사람과 부딪히는 것을 피하면서 점차 에
너지를 잃는 것은 그 몇 배나 더 나쁘다고 생각합니다.

저는 누구에게나 제 의견을 확실히 이야기하는 스타일로, 사장님에게든 다른 직원에게든 제 생각을 솔직하게 전달합니다. 이런 직설적 성격 때문에 저를 무섭게 여기는 사람도 있을지 모릅니다.

현장에서 청소 작업을 하는 직원들이 일을 더 잘할 수 있도록 지도하는 것도 제가 맡은 업무 중 하나입니다. 잘하지 못하는 부분에 대해서는 '○○ 씨가 담당한 곳은 여기가 제대로 청소되어 있지 않네요'라고 말하고, '그렇게 한 이유가 뭔가요?'라며 제가 납득할 수 있도록 설명해 달라고 합니다.

그러다 보니 비록 제 의도는 그게 아니었지만, 저에게 크게 혼이 났다고 느끼는 사람도 있을 수 있습니다. '왜 꼭 그렇게 직설적으로 말하는 거야. 그런 말 듣기 싫으니까 좀 거리를 두자'라며 은근슬쩍 피하는 사람도 있을지 모릅니다.

이런 성격이 상대방에게는 처음부터 무서운 인상으로 박히는 것입니다. 그런 면이 있다는 것을 부정하지는 않지만, '무서운 것'과 '싫은 것'은 엄연히 다르다는 점을 이해해 주면 좋겠어요.

저는 사람들이 서로의 부족한 점을 채우며 살아가고 있다고 생각합니다. 저를 무섭게 여기는 사람도 있을 수 있지만, 반대로 회사나 상사에게 하고 싶은 말을 대신해 주는 사람으로 여길 수도 있습니다.

또 제가 하지 못하는 부분을 다른 사람이 해결해 줄 때도 있습니다. 그런 식으로 회사 전체가 유기적으로 잘 맞물려 돌아간다면 문제없지 않을까요. 뭐, 저는 오직 그 점만 생각하고 있습니다.

기본적으로 저는 늘 제가 하고 싶어 하는 일 중심으로 생활합니다. 어떤 일을 이렇게 하면 좋겠다는 원칙이 서면 그 일을 원활하게 처리하기 위해 어떻게 해야 할지 우선 그 점만을 집중적으로 고민합니다. 하지만 저 혼자 해낼 수는 없습니다. 어떻게든 다른 동료에게 도움을 받게 됩니다.

이렇듯 주변 사람들에게 도움을 받고 있다고 생각하면 모든 사람들이 한없이 고마울 따름이지, 다른 누군가를 싫어하거나 불편해 할 틈이 없습니다.

　　　　'니이즈 씨는 늘 상냥하게 웃으면서 즐겁게 일하시네요'라는 말을 자주 듣습니다. '즐겁게 일하는 비결이 뭔가요?'라는 질문을 받을 때도 많습니다.

　솔직히 말하면 직장 생활이 항상 즐겁기만 한 것은 아닙니다. 화가 치밀 때도 있고, 억울할 때도 있고, 우울할 때도 많이 있습니다.

　그러나 늘 즐겁지 않아도 즐거운 것처럼 보일 필요가 있다고 생각해요.

　제가 우울하게 있으면 사람들이 제게 쉽게 다가오지

못하니까요. 줄곧 고개를 푹 수그리고 있으면 '오늘은 나에게 말을 걸지 말아 줘!'라는 신호를 발신하는 것처럼 보이지 않겠어요? 그러면 주변 사람들도 '그냥 내버려 두자'라고 생각해 버리겠죠.

그럴수록 더 고립되어 오히려 역효과를 내는 셈이죠. 만약 우울함의 원인을 제거하고 싶다면 다른 사람에게 먼저 상담하고 도움을 요청하는 게 좋다고 생각해요. 저라면 그럴 거예요. 그냥 술이나 한잔 하고 싹 잊어버리는 방법도 있겠지만, 어느 쪽이든 간에 다른 사람과 어울리며 훌훌 털어 버릴 필요가 있습니다.

안 좋은 일이 있을수록 더 즐거운 표정을 지어야 해요. '그렇게 하면 문제가 반드시 해결될 거예요'라고 장담할 순 없지만, 기분은 확실히 더 좋아질 거예요.

제가 그렇게 굳게 믿고 있는 건 어쩌면 언어가 짧아 의사소통이 원활하지 않던 시기에 겪었던 일과 관련이 있을지도 모릅니다. 열일곱 살에 중국에서 일본으로 건너왔을 당시, 저는 일본어를 전혀 하지 못했어요. 말이 통하지 않는 만큼 애써 미소 지으며 '당신과 가까워지고 싫어요'라는 감정을 전달했어요. 아마 청각장애인이나 시각장애인 분들도 마찬가지일 거예요.

표정이나 태도로 자신의 감정을 열심히 표현하면 그 마음은 분명히 전해져요. 그것이 저에겐 희망이랄까, 내가 건강해지기 위한 주문 같은 것이었을지 몰라요.

3
장

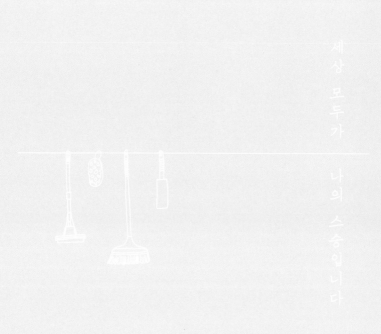

세 상 모 두 가

나 의 스 승 입 니 다

사람이 얼마나 행복한가는
그가 감사함을 느끼는 깊이에 달려 있다.
―존 밀러

얼마 전 젊은 직원과 대화할 기회가 있었습
니다. 그때 '니이츠 씨는 지금의 일을 그만두고 싶다거
나 다른 일에 도전해 보고 싶다고 생각한 적이 없나요?'
라는 질문을 받았습니다.

저는 주저하지 않고 '없습니다'라고 대답했습니다.

'일을 그만두고 싶어질 때'라는 건 어떤 때를 말하는
걸까요?

예를 들어 회사에서 다른 사람과 싸웠을 때라거나 본
인이 납득할 수 없는 일이 생겼을 때, 또는 자신이 정당

한 평가를 받고 있지 못하다고 느낄 때일까요.

아마도 그럴 때 '더 이상 못 참아!' '당장 그만둘 테야!' 라는 마음이 들 것이라 생각합니다.

저도 힘든 순간은 정말 많았습니다. 선배가 괴롭히거나 업무를 주지 않을 때도 있었습니다. 하지만 그런 상황에서도 그만두려는 생각은 하지 않았습니다.

저는 이 일이 너무 좋아서 스스로 이 직업을 택했으니까요. 이 일을 배우기 위해 이곳에 스스로 자원해서 온 것이라 생각했기에 그만둬 버리면 애초에 이곳에 온 목적이 뭔지, 자신의 원래 목표가 무엇이었는지 알 수 없게 됩니다. 게다가 그만둬 봤자 달라지는 것은 없습니다.

어차피 다른 회사에 들어가거나 다른 일자리를 구한다 해도 처음부터 다시 시작해야 합니다. 그러면 뭔가를 이루려고 이제껏 애쓴 것이 모두 허사가 됩니다.

처음부터 다시 시작해도 똑같은 일이 반복될지 모릅니다. 저는 자신의 목표가 무엇인지 잘 알고 있었기에 누군가와 싸우거나 안 좋은 일이 있어도 결코 좌절하지 않았습니다.

누구에게나 저마다 가장 중요하게 생각하는 우선순위가 있습니다. 그 중요한 일이 주변 상황에 휩쓸리지 않도록 해야 합니다.

저는 지금의 회사에 들어오기 전에 청소 일과 무관한 회사에 근무한 적이 있습니다. 음향 기기 제조사였는데, 그곳에서 제가 습득할 수 있는 모든 일을 다 배웠기에 그만두고 말았습니다.

'이제 이런 일도 할 수 있게 되었으니 다음에는 이런 식으로 공부해 볼까?' 하고 제 나름대로 목표를 정해 보았지만, 회사에서는 그런 것까진 허락하지 않았습니다. 그러자 그곳에 더 있을 의미가 없어졌습니다. 월급만 받으면 그만이라는 생각으로 다닌 것이 아니었거든요.

그래서 바로 그만두고 직업훈련학교에 들어가 청소 분야 일을 기초부터 새롭게 차근차근 배우게 된 것입니다.

저는 뭔가를 이루는 데에서 커다란 기쁨을 느낍니다. 그리고 청소 일을 무척이나 사랑합니다. 이 두 가지가 저에게는 무척이나 소중하고 행복한 가치입니다. 자신에게 중요한 일이 무엇인지 확실히 알고 있으면 누가 뭐라 하든 흔들리지 않아요. 그러려면 스스로가 하고 싶은 일을 택해야만 합니다.

자신에게 중요한 일이 무엇인지 확실히 알고 있으면

누가 뭐라 하든 흔들리지 않아요.

그러려면 스스로가 하고 싶은 일을 택해야만 합니다.

걸레질 하나에도
진심을 담다

8월에 '하우스 클리닝 기능 검정' 강습에 강사로 참여했습니다. 3년 전부터 매년 여름마다 실시하고 있는데, 전국에서 모인 수강생들은 3일 내내 학과 이론과 실기 시험에 대비합니다.

'실무 경력이 3년 이상인 자'에게만 수험 자격이 주어지므로 수강생들은 모두 기본적으로 청소 전문가입니다.

전국 각지의 빌딩 관리 회사와 하우스 클리닝 회사에 소속되어 근무하고 있으며, 기능사 자격증을 취득해 전문가로서 더 한층 실력을 업그레이드시키고자 하는 도전꾼들입니다.

이들은 총 일곱 과목의 실기 시험을 치르게 되는데, 그 가운데 하나를 간단히 소개해 보겠습니다.

예를 들어 '스테인리스의 기름때 제거'라는 문제가 나왔다고 칩시다. 스테인리스 접시에 달라붙은 기름때를 제거해야 하는데, 이를 전문가로서 합격점을 받을 정도로 깨끗이 제거하기란 쉽지 않습니다.

우선 사용하는 세제를 잘 골라야 합니다. 틀리면 감점을 당합니다. 핸드 패드 청소용 스펀지로 문지를 때도 무턱대고 북북 문지르면 안 되고 한쪽 방향으로 살살 문지릅니다. 방향도 아무 방향이 아니라, 헤어라인 스테인리스에 광택을 내기 위해 일정 방향으로 그어진 가느선에 맞춰야만 합니다.

여러 명이 동시에 실기 연습을 하는데, 어느 날은 접시 네 장 가운데 한 개만 다른 접시와 다른 방향으로 헤어라인이 들어간 것을 놓아두었습니다.

세 접시는 긴 변을 따라 헤어라인이 들어가 있는데, 다른 접시는 짧은 변을 따라 헤어라인이 들어가 있었습니다. 이 경우 90도 회전시켜 책상 위에 놓는 것이 정답이 었습니다. 작은 함정을 숨겨 놓은 문제였지요.

그 접시를 사용하게 된 사람은 처음에는 아무 생각 없이 다른 사람들처럼 긴 변을 따라 핸드 패드를 움직였습니다. 그러다가 중간에 함정을 알아차리고는 '앗!' 하고 외쳤습니다. 주위 사람들이 '뭐야, 왜 그래?' 하고 웅성거렸습니다.

덕분에 다 같이 헤어라인의 방향에 대해 다시 한 번 복습하는 시간을 가졌습니다.

단순히 '한 방향으로 문지른다'는 매뉴얼만 기억하고 있으면 틀리기 쉽습니다. 그렇게 정한 이유, 즉 '스테인리스에 흠집이 나지 않도록'이라는 청소 본래의 목적을 이해하고 마음을 담아 얼룩을 대하면 접시에 숨겨진 올바른 방향을 금방 알아차릴 수 있습니다.

비록 시험일지라도 고객의 자택을 실제로 방문했다 생각하고 실전처럼 정성스레 작업해야 합니다.

걸레질 청소 하나라도 진심을 담은 사람은 청소하는 곳을 꼼꼼히 눈으로 훑고, 네 모서리를 깨끗이 청소한 후 천천히 정성껏 바닥을 닦습니다. 단순한 정신론이 아닙니다.

물기가 남아 있으면 곰팡이가 생기기 쉽고, 곰팡이가 생기면 악취가 나기 마련입니다.

이론을 제대로 이해하는 사람은 홈이나 빈틈, 나사 등 세세한 부품이 사용된 곳 등…… 손이 닿기 힘든 부분까지도 수건의 끝부분을 이용해 깨끗하게 닦아 낸 후에야 청소를 마무리합니다.

똑같은 순서대로 똑같은 작업을 하는 듯해도 기본을 제대로 이해하고 있는지 아닌지 프로들은 금세 알아차립니다.

미세한 동작 하나하나에도 나름의 의미가 담겨 있는 법이니까요.

―
걸레질 청소 하나라도 진심을 담은 사람은 청소하는 곳을
꼼꼼히 눈으로 훑고, 네 모서리를 깨끗이 청소한 후 천천히
정성껏 바닥을 닦습니다. 단순한 정신론이 아닙니다.

똑같은 순서대로 똑같은 작업을 하는 듯해도 기본을 제대로
이해하고 있는지 아닌지 프로들은 금세 알아차립니다.
미세한 동작 하나하나에도 나름의 의미가 담겨 있는 법이니까요.
―

세상 모두가
나의 스승입니다

아르바이트를 막 시작했을 무렵의 일입니다. '왜 이런 식으로 하는 걸까?' '이렇게 하면 더 잘될 텐데'라고 생각하는 일이 너무나도 많았습니다. 하지만 상사나 선배에게 물어봐도 대부분 '배운 대로만 하면 돼'라는 평범한 대답뿐이었습니다.

늘 똑같은 작업만 반복할 뿐, 새로운 일을 가르쳐 주지 않는 점도 불만이었습니다. 한 가지 일을 잘할 수 있게 되면 또 다른 일을 배우고 싶었으나 '시키는 일만 하면 된다'는 식이었습니다.

어른들은 '아르바이트란 원래 그런 거야'라고 말할지 모르지만, '도무지 이해할 수가 없어!'라고 생각했습니다.

그래서 가능한 한 새로운 일을 많이 배우고 싶다는 일념에 여러 아르바이트를 병행하기도 하고 직장을 바꿔보기도 했습니다.

지금의 회사에 들어오기 전까지 열 곳이 넘는 회사에서 다양한 청소 일을 경험했습니다.

여러 직장을 다녀 본 결과, 업체마다 청소 방식이 다르다는 것을 깨달았습니다. 그러자 의문이 생겼습니다. 무엇을 기준으로 삼는 것이 좋을까. 그 회사, 그 현장에서만 통하는 방식이 아니라, 변하지 않는 기본 매뉴얼, 좀 더 이론적인 내용을 배우고 싶어졌습니다.

그래서 다니던 회사를 그만두고 도쿄도립 시나가와고등직업훈련학교（현 소년직업능력개발센터）에 들어갔습니다. 반년 동안 실업 급여를 받으며 학교에 다녔습니다.

그 학교에 교사로 있었던 분이 제가 지금 근무하고 있는 일본공항테크노주식회사의 상무였던 스즈키 마사루鈴木 優 씨였습니다.

반년 과정을 이수하고 지금의 회사에 들어온 후에는 다시 상사로서 저를 줄곧 지켜봐 주시고 많은 것을 가르쳐 주셨습니다.

스즈키 상무님은 청소에 대해서라면 모르는 것이 없었습니다. 말수가 많은 분이 아닌 데다 말할 때도 느릿느릿 짧게 몇 마디 하는 것이 전부였습니다. 묻지 않는 사람에게는 아무것도 가르쳐 주시지 않았습니다.

하지만 질문을 하면 반드시 대답해 주시고, 소장 자료도 많아서 '자, 이걸로 공부해'라며 무심히 툭 놓고 가시기도 했습니다. 실기 연습할 때도 줄곧 곁에서 지도해 주셨습니다.

스즈키 상무님의 추천을 받아 저는 '전국빌딩클리닝 기능경기대회'에 출전했고, 최연소로 전국 1위에 올랐습니다.

스즈키 상무님은 2012년에 돌아가셨지만 지금도 저의 영원한 스승이자 생명의 은인이라 생각합니다.

스즈키 상무님 외에도 직업훈련학교에서 많은 도움을

주신 선생님이 계십니다. 바로 오시마 요지大嶋裕司 선생님입니다. 오시마 선생님도 매우 성실하고 자상하신 분이었습니다.

저는 수업이 끝난 후 종종 교실에 남아 연습을 했는데, 그럴 때마다 지켜봐 주셨습니다. 그리고 어려움을 겪고 있는 모습을 보면 늘 아무렇지 않게 구원의 손길을 내밀어 주셨습니다. 정년퇴직하셨지만 지금도 연락을 드리곤 합니다.

뭔가를 배울 수 있다는 것은 너무나도 큰 행복입니다. 그저 가만히 기다리고만 있으면 그 누구도 나에게 무엇 하나 가르쳐 주지 않습니다.

이해가 가지 않는 것은 묻고, 잘 알지 못하는 것은 질문해야 합니다. 저는 그게 당연하다고 생각해 이제껏 그렇게 해 왔지만, 돌이켜 보면 그 덕분에 인생길이 열린 것이 아닌가 싶습니다.

———

편지를 배울 수 있다는 것은 너무나도 큰 행복입니다.

그저 가만히 기다리고만 있으면 그 누구도 나에게
무엇 하나 가르쳐 주지 않습니다. 이해가 가지 않는 것은 묻고,
잘 알지 못하는 것은 질문해야 합니다. 저는 그게
당연하다고 생각해 이제껏 그렇게 해 왔지만, 돌이켜 보면
그 덕분에 인생길이 열린 것이 아닌가 싶습니다.

———

얼마 전에 회사 내 CEO가 주는 사장상을 받는 등 많은 일들이 이어지면서 '정말 대단하네요'라는 말을 들은 적이 있는데, 저는 그런 것에서 보람을 느끼지는 않습니다. 상을 주신다고 하면 감사히 받겠지만, 그것으로 끝입니다.

그렇다면 '내가 이제껏 이 일을 계속해 올 수 있었던 원동력은 무엇이었을까' 곰곰이 생각해 보았습니다. 처음에는 새로운 일을 하나하나 배우고 그 일을 잘할 수 있게 되는 것이 마냥 기뻤고, 그러다 보니 어느새 여기까지 올 수 있었던 것 같습니다. 저 자신이 기쁘면 그것으로 충분했던 것입니다.

간단해 보이는 청소라도 현장마다 세세한 부분에서 차이가 나므로 외워야 할 것들이 많습니다. 예를 들어 하네다공항에는 청소 품질을 평가하는 체크 시트가 있는데, 구역별로 바닥부터 천장까지 세세하게 체크 항목이 정해져 있습니다.

점검 시간이 되면 그 시트를 들고 출입구, 로비, 계단, 화장실, 엘리베이터, 흡연실 등 모든 장소를 돌아다니면서 확인하는데, 그러다 보면 만보기에 표시된 숫자가 순식간에 만 보를 넘어가 버립니다.

청소 담당자들이 끌고 다니는 카트에는 여러 종류의 세제와 약품이 들어 있습니다. 바닥, 유리, 벽, 거울, 변기, 세면기 등 재질에 따라 다른, 그 많은 세제와 약품을 전부 구분해서 사용합니다.

바닥에 광을 낼 때 사용하는 전동 광택기의 사용법도 완벽하게 익혀야 하고, 스팀 클리너와 고압 세척기를 사용해야 하는 경우도 있습니다.

그런 세밀한 작업을 하나씩 선배에게 배우거나 다른 사람이 작업하는 모습을 보며 독학해 나갑니다. 또한 직원들 모두 자기 나름대로 다양한 방법을 연구합니다.

"나라면 이렇게까지 할 거야."

"나는 이런 식으로 할 거야."

어떻게 해야 좀 더 빠르고 안전하게 청소할 수 있을지 고민하고, 나름대로 순서를 정리해 나갑니다. 저는 그 과정에서 문제를 하나씩 해결하는 것이 정말 즐겁습니다.

세계에서 가장 청결하다고 소문난 하네다공항 터미널의 로비에도 세심히 살펴보면 자잘한 쓰레기들이 떨어져 있습니다. 그중에서 가장 많은 쓰레기가 뭘까요? 정답은 작고 검은 조각입니다.

그게 뭐냐고요? 바로 캐리어 가방의 바퀴에서 떨어져 나온 고무입니다. 바퀴 고무는 쉽게 닳기도 하고, 벽장에 오래 보관해 두었다가 사용하다 보니 도중에 바퀴가 저절로 깨지거나 쪼개지기도 합니다.

이런 종류의 쓰레기는 20년 전에는 없었습니다. 그때는 캐리어 가방이 지금처럼 널리 보급되지 않았으니까요. 지금의 제1 여객터미널이 완공된 것이 1993년인데, 당시 공항 로비 사진을 찾아보면 캐리어 가방을 든 손님이 없습니다. 즉, 시대에 따라 쓰레기의 종류도 변하는 것이지요.

바닥재가 바뀐 것도 큰 변화였습니다. 신터미널로 바뀌면서 광택 있는 바닥재를 사용하자 '힐 마크 신발 굽에 긁힌 검은 선 자국'가 눈에 더 잘 띄게 되었습니다.

깜박하고 지우지 못한 자국이라도 있으면 심하게 눈에 띕니다. 요즘에는 청소에서 '청결도'뿐만 아니라 '미관'이 점차 강조되고 있어 예전보다 더 조심하게 되었습니다.

이런 시대 변화를 깨닫고 청소 방법을 바꿔 보거나 좀 더 나은 아이디어를 연구해 보는 과정이 저는 너무나도 즐겁습니다. 그것이 제 인생의 기쁨입니다.

…이렇게 해야 좀 더 빠르고 안전하게 청소할 수 있을지 고민하고,

나름대로 순서를 정리해 나갑니다. 저는 그 과정에서 문제를

하나씩 해결하는 것이 정말 즐겁습니다.

이런 시대 변화를 깨닫고 청소 방법을 바꿔 보거나 좀 더 나은

아이디어를 연구해 보는 과정이 저는 너무나도 즐겁습니다.

그것이 제 인생의 기쁨입니다. —

마음을 치유하는
청소의 품격

하네다공항에는 전 세계에서 다양한 고객
이 찾아옵니다. 바쁘게 걷는 비즈니스맨도 있고, 함께 여
행을 떠나는 젊은이들도 있습니다. 최근에는 외국 관광
객들도 많이 찾아와 주십니다. 그리고 어린 자녀와 함께
오시는 부모님도 있습니다.

고객들의 애로 사항을 잘 살피는 것은 모든 서비스업
의 기본이라 생각하지만, 저는 특히 어린이들을 많이 관
찰하는 편입니다.

앞에서도 이야기했듯 어린이들이 가장 많은 것을 가

르쳐 주기 때문입니다.

공항에 찾아온 아이들은 대부분 조금 들떠 있습니다. 로비의 넓은 공간에 도착하면 어린아이들은 폴짝폴짝 뛰어다니다 바닥에 엉덩방아를 찧기도 하고, 전망 데크의 창문에 양손을 바짝 붙인 채 날아가는 비행기를 신기하다는 듯이 넋을 잃고 바라보기도 합니다.

저는 그런 아이들의 모습을 보면 기쁜 마음이 솟습니다. 아이들이 즐거워하기 때문이기도 하지만, 어머니들이 공항의 청결한 모습에 안심하고 있다는 것을 알 수 있기 때문입니다.

엄마들은 조금이라도 더럽다는 생각이 들면 자신의 아이에게 해로울까 봐 그 자리에서 바로 '만지면 안 돼!' 하고 혼을 내지 않습니까.

그런 예민한 엄마들이 아이들을 자유롭게 내버려 둔다는 것은 '그 자리를 그만큼 청결하게 느낀다'는 뜻이기도 합니다. 좋은 평가를 받은 듯해 저 또한 기쁜 마음이 듭니다.

아이들이 한번 지나간 뒤엔, 유리창마다 작은 손바닥

자국이 수없이 남지만, 그것을 닦는 일은 공항 청소 가운데 가장 즐거운 일 중 하나입니다.

어른의 눈높이에서는 보이지 않는 손잡이 아랫부분, 소파 다리나 빈틈 등…… 어린이들은 어디든 가리지 않고 만집니다. 어린이들은 우리에게 어디를 더 신경 써서 청소해야 할지 가르쳐 주고 있는 것입니다.

노인이나 장애인 분들도 저에게는 좋은 스승입니다. 예를 들어 저희 어머니는 무릎 연골이 많이 닳아 다리를 굽히지 못하십니다. 바닥에 떨어진 물건을 줍는 것도 어려워하시고, 걸을 때도 다리를 거의 들지 않고 끌듯이 걷습니다. 그렇기에 조금만 턱이 져 있어도 어머니에게는 큰 벽이 됩니다.

하네다공항은 배리어 프리(barrier free, 노약자나 장애인에게 장벽이 없이, 즉 턱이 편해이나 장애가 되는)로 설계되어 휠체어가 다닐 수 있지만, 길목에 짐이 놓여 있다거나 바닥이 젖어 있으면 위험하므로 늘 주위를 살피고 있습니다.

청소 장인의 감각은 그런 점을 미리 눈치 채고 움직일 수 있느냐 없느냐에 달려 있습니다.

어린아이나 노인, 장애인 등 약자의 입장에 놓인 분들이 어떻게 하면 안심하고 지낼 수 있을지, 그것을 최우선으로 생각하며 청소하자고 마음먹고 있습니다.

프로답게
미소 지으세요

어느 날, 청소 상태 점검을 위해 하네다공항 터미널 빌딩을 돌고 있을 때였습니다. 입국장 로비가 있는 층에서 젊은 여성 두 명이 말을 걸어왔습니다. 중국어로 말이지요.

들어 보니 중국에서 오신 손님들로, 도심까지 전철을 타고 나가려면 어떻게 해야 하는지를 몰라 당황한 모습이었습니다.

좀 더 자세히 물어보니 전철을 타기 위해 IC카드에 접속 회로를 넣은 메모리 카드 카드 승차권을 구입하고 싶은 모양이었습니다. 즉, 교통카드 파스모PASMO나 스이카Suica 말입니다.

행선지를 묻고 '그럼 이쪽으로 오세요'라며 지하 1층의 게이힌京浜 급행 전철을 타는 곳으로 안내했습니다.

이처럼 어려움을 겪는 고객들을 위한 '에어포트 콘시어지안내인, 관리인'도 있지만, 우리처럼 유니폼을 입고 공항을 돌아다니는 사람을 만난다면 손님들은 당연히 '공항 직원'으로 생각할 것입니다.

'저는 청소부라서 잘 몰라요'라고는 절대 말하지 못합니다. 다행히도 손님들이 중국어로 말했고, 저 역시 작업 중이 아니라 점검 순찰 중이었기에 여유가 있어 직접 승차장까지 안내했던 것입니다.

얼마 전 에어포트 콘시어지와 지상 근무 직원들과 함께 사내 세미나에서 이야기할 기회가 있었는데, 그때 '니이즈 씨는 평소 명심하고 있는 점이 있습니까?'라는 질문을 받았습니다.

그때 제가 젊은 직원들에게 하는 말이 바로 '늘 누군가가 보고 있다는 것을 잊지 말라'입니다.

고객들은 딱히 용건이 없더라도 유니폼을 입은 사람에게 자연스럽게 눈길을 보냅니다. 에어포트 콘시어지가 유니폼을 입는 이유도 엄밀히 말하면 고객들의 눈에 잘 띄기 위해서입니다.

그때 유니폼을 입은 사람이 무표정하게 있으면 어떨까요? 무서워 보이지 않을까요?

본인은 그냥 가만히 있는 것이라 생각할지 모르지만 상대방 입장에서는 무서워 보입니다.

즉, '나한테 말을 걸지 말아 주세요'라고 온몸으로 말하는 듯이 보일 수 있습니다.

그러면 고객은 '아, 저 사람한테는 가까이 가지 말자'라고 생각해 버립니다.

다른 사람이 늘 자신을 보고 있다는 사실을 의식하면 밝은 표정을 지으려고 노력하겠지요?

그러면 말을 걸기 쉬운 분위기가 되어 고객들이 먼저 '아, 저 사람한테 물어보자'라며 다가오게 됩니다.

만약 제가 무표정한 얼굴로 공항 로비를 부리나케 지나가고 있었다면 그 여성분들은 저에게 말을 걸지 못했을 겁니다.

표정, 몸짓, 말투, 화장, 걸음걸이, 자세…… 이처럼 가능한 모든 부분에 신경을 써야만 합니다.

언제든지 누군가가 자신을 지켜볼 수 있다는 것을 기억하고, 긴장감을 놓지 않아야 합니다. 그렇게 해야 고객에게도 여유롭게 대응할 수 있습니다.

예를 들어 키가 매우 작은 할머님께서 말을 걸어오셨을 때는 몸을 굽혀 눈높이를 맞춥니다.

할머님이 귀가 어두워 내 목소리를 잘 못 듣는 것은 아닌지, 내가 할머님을 불안하게 만들진 않는지 세심히 살펴보아야 합니다.

저 또한 말과 행동을 할 때 자연스럽게 상대방을 배려할 수 있는 사람이었으면 합니다.

— 표정, 몸짓, 말투, 화장, 걸음걸이, 자세… 이처럼
가능한 모든 부분에 신경을 써야만 합니다.

언제든지 누군가가 자신을 지켜볼 수 있다는 것을 기억하고.
긴장감을 놓지 않아야 합니다. 그렇게 해야
고객에게도 여유롭게 대응할 수 있습니다. —

　　젊은 시절, 저는 청소 기술을 익히는 일에 최선을 다했습니다. 누구보다도 열심히 일했고, 그만큼 공부도 열심히 했다고 생각합니다. 하지만 당시 제 상사였던 스즈키 마사루 상무님은 그런 저를 단 한 번도 칭찬해 주시지 않았습니다.

　'잘했어요'라는 칭찬은 없고, 늘 '좀 더 마음을 담으세요'라는 말씀만 하셨습니다. 그때는 무엇이 문제인지 알지 못했습니다. '봐, 이렇게나 깨끗해졌는데' 라며 불평만 했지요.

열심히 노력해도 인정받지 못하는 것이 무척이나 괴로웠습니다.

스즈키 상무님의 추천으로 출전한 '전국빌딩클리닝 기능경기대회'에서 반드시 1위를 하고 말 거라고 결심했지만, 예선 대회의 성적은 2위였습니다.

전국 대회에 나갈 수 있는 출전권은 얻었지만, 1위를 하지 못한 자신이 실망스러웠습니다. '도대체 나에게 뭐가 부족한 걸까'라며 불만이 쌓였죠.

그러던 어느 날, 스즈키 상무님에게 '마음에 여유가 없으면 청소를 잘해 낼 수 없어요'라는 말을 들었습니다. 본인에게 여유가 없으면 다른 사람에게도 상냥하게 대할 수 없지 않겠냐는 말씀이었지요.

그 무렵, 공항 로비에서 부모님 손을 용케 빠져나와 바닥을 엉금엉금 기어가는 아이를 발견한 일이 있습니다. 그 아이의 모습을 보고 번개를 맞은 듯 크게 깨달았습니다. '저렇게 어린아이가 기어 다닐 수도 있는 바닥을, 지금 내가 쥐고 있는 이 대걸레로 계속 청소해도 되는 걸까?'라고 말이죠.

그때까지 저는 자신만의 성취를 위해 일했습니다. 제가 싸우는 상대는 바로 제 자신이었으니까요. 그러던 제가 그 일을 계기로 '이곳을 이용자들을 위해 좀 더 깨끗한 공간으로 만들고 싶다'라고 생각하게 된 것입니다.

겉으론 깨끗해 보일지 몰라도 대걸레 자체에는 잡균이 엄청 많이 남아 있을지 모릅니다. 보이지 않는 곳에 더러운 먼지와 때가 번식하고 있을지도 모릅니다. '그럴지도 몰라' '너희 애였다면 정말 괜찮아?'라는 질문을 던지며, 저 스스로 이 공간을 이용하는 사람의 마음이 되어 다시 한 번 점검하게 된 것입니다.

그 후 스즈키 상무님과 두 달에 걸쳐 맹훈련을 한 결과, 전국기능대회에서 우승할 수 있었습니다. 스즈키 상무님에게 보고를 드리자 '우승할 거라고 생각했어요'라고 기뻐해 주셨습니다. 그만큼 열심히 한 것을 알고 있었다고 말이지요. 드디어 상무님에게 인정받았다는 생각이 들었습니다.

상대방을 내 가족처럼 배려하는 마음으로 청소하자 고객들에게서 '고마워요'라든가 '수고가 많으세요'라는 말을 듣는 일이 훨씬 늘어났습니다.

지금의 제가 있을 수 있는 것은 모두 그때의 힘든 시기가 있었기 때문입니다. 그때 저를 지도해 주셨던 스즈키 상무님께는 지금도 감사해하고 있답니다.

— 상대방을 내 가족처럼 배려하는 마음으로 청소하자.

고객들에게서 '고마워요.'라든가, '수고가 많으세요.'라는

말을 듣는 일이 훨씬 늘어났습니다. —

저는 하네다공항에서 일하는 직원이지만, 유니폼으로 갈아입기 전 사복 차림으로 공항 터미널을 걸어 다닐 때는 아마 평범한 공항 이용객처럼 보일 것입니다.

하지만 저는 공항 입구에 발 하나를 들여 놓는 순간부터 이곳이 자신의 직장이라는 점을 의식하려고 노력합니다.

옷차림은 다르지만, 제 얼굴은 변하지 않고 직원인 채로 있기 때문입니다. 사복 차림일 때 '니이츠 씨, 열심히 하세요!'라는 식으로 누군가 말을 걸어 주면 무척 기쁩니다.

'누군가는 나를 제대로 봐 주고 있구나' 그렇게 생각하면 근무 시간이 아니라는 이유로 설렁설렁 무책임하게 다닐 수가 없습니다.

"니이츠 씨, 오늘도 수고가 많으세요."

"오늘도 기운이 넘치시네요."

누군가가 그런 식으로 인사해 주면 정말 기분이 좋아집니다. 제가 하는 일을 관심 있게 지켜봐 주고 있다는 뜻이니까요. 그런 부분에서 저는 큰 보람을 느낍니다.

그리고 일을 계속할수록 점점 더 많은 생각이 떠오르기도 합니다. 오늘은 그 사람이 말을 걸어 주었어. 하지만 그 사람뿐이었지. 그럼 어떻게 해야 더 많은 사람들에게 격려의 말을 들을 수 있을까. 혼자서 그런 생각을 하다 보면 일이 더욱 즐거워집니다.

일이 즐거워진다는 것은 다른 사람에게 인정받는 데서 느끼던 일차원적 보람이 자신의 내면 깊은 곳에서 솟아나는 진정한 의미의 보람으로 바뀌어 간다는 의미가 아닐까 생각합니다.

물론 '그런 생각이 전혀 들지 않아'라고 생각할 때도 있습니다. 보람은커녕 '회사에 가는 것조차 싫어……'라는 생각이 들면 참 괴롭지요.

저는 같이 일하는 직원들에게 늘 '공항을 자신의 집이라 생각하고 청소해 주세요'라고 말합니다. 그 말은 마치 집에 온 손님을 반갑게 맞이하듯 고객을 대해 달라는 뜻인 동시에 공항을 '당신이 머무는 소중한 공간'으로 인식해 달라는 의미이기도 합니다.

처음부터 좋아하는 일을 할 수 있는 사람은 거의 없습니다. 자신이 좋아하는 직업을 선택해도 처음 1~2년은 고생만 할 뿐, 즐거운 일은 좀처럼 찾아보기 힘듭니다. 회사에 가는 발걸음이 무겁기만 하고, 그곳이 내가 있을 곳이 아닌 것처럼 느껴질 때는 정말 사소한 일이라도 좋으니 뭔가 작은 즐거움을 하나 발견해 보는 것이 좋습니다.

출퇴근길에 마음에 드는 가게에 들른다거나, 친한 동료를 만나기 위해 회사에 간다고 생각해도 좋습니다. 아

니면 혼자만 쉴 수 있는 자신만의 아지트를 찾아내는 것
도 좋습니다. 주위에 자신을 움직일 원동력이 될 만한
것, 작은 즐거움을 만드는 것입니다. 보람이나 평가는
그런 나날들이 쌓이고 쌓인 후에야 비로소 얻을 수 있는
보물이라 생각합니다.

일이 즐거워진다는 것은 다른 사람에게
인정받는 데서 느끼던 일차원적 보람이
자신의 내면 깊은 곳에서 솟아나는 진정한 의미의
보람으로 바뀌어 간다는 의미가 아닐까 생각합니다.

저는 작업할 때 대부분 빨간색 점프 슈트로 된 유니폼을 착용합니다. 청소부의 유니폼이 빨간색인 회사는 흔치 않습니다. 회사에서 유니폼을 바꾸려고 할 때 '저는 빨간색이 좋아요'라고 의견을 이야기했는데, 운 좋게 빨간색이 채택되었습니다.

제가 빨간색을 택한 이유는 청소부들이 현장에서 모두 밝고 생기 넘치는 모습으로 일하기를 원했기 때문입니다.

청소부는 눈에 잘 띄지 않도록 얌전히 있어야 한다는

편견이 일반적입니다. 실제 성격이 얌전한 분들도 많은데다 특히 여성분들 중에는 눈에 띄는 것을 원치 않는 사람이 많습니다. 하지만 저는 청소부도 자신의 존재감을 떳떳이 드러낼 필요가 있다고 생각합니다. 다른 다양한 직업과 마찬가지로요.

특히, 저의 경우에는 빨간색 옷을 입으면 평소보다 더 힘이 납니다. 빨간색은 정열의 색, 의욕이 솟아나는 색이니까요. 게다가 고객들의 눈에 잘 띈다고 생각하면 더욱 긴장하게 되고, 일을 설렁설렁 할 수도 없게 됩니다.

회사가 아닌 곳에서도 자신의 존재를 드러내는 것은 역시 중요합니다. 예를 들어 사외 연수회 등에 참석할 경우, 자리가 미리 지정돼 있지 않다면 늘 맨 앞줄의 정중앙에 자리를 잡습니다.

일본인들 중에는 뒤쪽이나 가장자리에 앉는 사람이 많아서 늘 앞쪽과 중앙이 텅 비어 있습니다. 그럴 때는 점점 더 앞으로 다가가 앉습니다. 청소부니까 한쪽 구석에 앉아 얌전히 듣자는 생각 따윈 하지 않습니다.

간혹 누군가가 끝으로 옮겨 앉으라고 해도 꿋꿋하게 앉아 있습니다. 청소부는 눈에 띄지 않게 구석에 앉아야 한다는 것은 잘못된 생각이니까요. 앞자리에 앉은 탓에 가끔 강사에게 질문을 받을 때가 있습니다. 제대로 대답하지 못할 때가 많지만, 부끄러워할 일은 아닙니다. 모르는 것을 알기 위해 그 자리에 참석한 것이니까요.

원래 저는 적극적으로 나서는 성격이 아니었습니다. 하지만 청소부라는 직업이 무시당하는 것에는 엄청난 압박감을 느낍니다. 그런 취급을 당할 때마다 '그래서 어쩌라고?'라고 반박하는 동시에, 오히려 더 당당하게 행동하려 노력하게 되었습니다.

청소부는 오히려 눈에 띄는 편이 낫지 않을까요. 누군가가 자신의 일하는 모습을 지켜보고 있다고 생각하면 말과 행동에 더 큰 책임감을 느낄 테니까요.

청소부 한 사람 한 사람 모두 다른 인격체와 마찬가지로 고유한 이름이 있는 사람들입니다. 사람들이 '○○ 씨, 오늘도 열심히 하시네요'라며 청소부를 하나의 인격체로 존중해 준다면 제 경험상 몇 배나 더 큰 기쁨과 보람을 느낄 것입니다.

   때문에 '저는 여기에 있어요'라고 자신의 존재를 드러내는 것은 매우 중요한 일입니다.

누군가가 자신의 일하는 모습을 지켜보고 있다고 생각하면 말과 행동에 더 큰 책임감을 느낄 테니까요.

하네다공항에는 청소 부문 직원이 500여 명 정도 있습니다. 대부분의 직원은 협력 업체에 소속되어 있습니다.

예를 들어 1빌딩제1 여객터미널의 지하에 한 곳, 1층은 남북 윙에 각각 한 곳, 2층에 한 곳, 중앙 구역에 한 곳 등 구역별로 담당하는 업체가 정해져 있습니다.

각 업체마다 담당 책임자 또한 주간과 야간에 각각 한 명씩 배치돼 있고, 각 업체의 담당 책임자를 총괄하는 총 책임자가 바로 저입니다.

즉, 저 혼자서 청소 직원 전체를 관리하고 있는 것이 아니라, 현장마다 업체별로 책임자가 정해져 있어 서로 협력하고 있는 셈입니다.

단, 청소 기술의 개선 및 개발, 직원 교육 등 기술적인 부분은 지난 20여 년간 저 혼자 거의 담당했고, 협력사로부터 의뢰 요청이 들어오면 지도까지 합니다.

그런 의미에선 모든 직원의 상사로서 직접 그들에게 조언하거나 업무 지원을 하고 있습니다.

말은 이렇게 거창하게 했지만, 저 자신을 그들의 상사나 관리자라 생각하지는 않습니다. 저는 그들 모두를 똑같은 동료로 생각합니다.

동료라고 여기면 서로 편하게 이야기를 나눌 수 있습니다. 그러면 '이 사람은 이런 성격이구나' '저 사람에게는 저런 면이 있구나' 하는 것을 알게 됩니다.

저는 그런 점을 전부 기억해 두려고 노력합니다. 머릿속으로만 기억해 두면 언젠가 잊어버리므로 꽤 세세하게 메모합니다.

아주 사소한 일이라도 언제 누구와 어떤 이야기를 했

고 무슨 일이 있었는지를 적어 둡니다. 여러 사람에게 이런저런 상담을 받을 때가 꽤 많거든요. 그런 일들을 세세히 적어 기억해 두려 노력합니다.

그러면 가끔씩 메모를 들추어 볼 때마다 '그러고 보니 이 사람, 그때 이렇게 말했었는데 이제 괜찮은 건가' 하는 궁금증이 생깁니다.

실제로는 이미 고민이 해결되었거나 본인조차 상담한 사실을 잊을 때가 많지만, 그럼에도 '지난번 그 일은 어때? 괜찮아졌어?'라고 물으면 '어머, 그걸 기억해 주고 계셨어요?'라며 크게 기뻐합니다.

평소에도 이런 식으로 서로 이야기를 주고받고 있기에 어떤 일이 발생했을 때 좀 더 쉽게 협조 요청을 할 수 있습니다.

게다가 이렇게 하면 '사람들이 좀 더 편안하게 말을 걸어 올 수 있지 않을까' 하는 설레는 마음도 있습니다. 이런 자세는 크게 어려운 일은 아니지만 매우 중요한 일이기도 합니다.

― 저 자신을 그들의 상사나 관리자라 생각하지는 않습니다.

저는 그들 모두를 똑같은 동료로 생각합니다.

동료라고 여기면서로 편하게 이야기를 나눌 수 있습니다.

아주 사소한 일이라고 해도 언제 누구와 어떤 이야기를 했고

무슨 일이 있었는지를 세세히 적어 기억해 두려고 노력합니다. ―

하네다공항에는 종종 유치원 아이들이 소
풍을 옵니다.

그날도 제2 여객터미널의 전망 데크에 어린이들이 많
이 놀러 와 있었습니다. 그때 마침 가랑비가 내리고 있
었는데, 처음에는 지붕 아래 얌전히 모여 있던 아이들이
비행기가 날아오자 '우아!' 하며 일제히 철조망 펜스 쪽
으로 달려갔습니다.

하지만 비가 내려 데크에 물기가 가득했기에 아이들
이 줄줄이 넘어져 버렸습니다. 꽈당 하고 말이지요. 앞

에 가던 친구가 넘어져도 개의치 않고 달리다 본인도 꽈당, 그 다음 아이도 꽈당. 그런데도 곧바로 다시 일어나 친구를 쫓아갔습니다.

아이들은 기운이 넘치는 데다 매우 즐거워 보였습니다. 저절로 미소가 지어지는 광경이었지요.

인솔 교사들이 근처에 있었지만 '그러다 넘어져요!'라든가 '뛰어다니면 안 돼요!'라는 식으로 아이들의 행동을 무조건 제지하지는 않았습니다. 저는 그 점이 참 대단하다고 생각했습니다.

요즘 같은 시대에는 학부모로부터 '그러다 다치면 어떡하느냐'라든가 '빗속에서 놀게 하면 감기 걸린다'라는 식의 항의를 받을 수도 있습니다. 그런데도 아무 말 없이 아이들을 지켜봐 준 선생님들이 참으로 대단해 보였습니다.

사람을 키운다는 것은 그 사람에게 스스로 배울 수 있는 힘을 키워 주는 것이라 생각합니다.

저는 공항 내에서 근무하는 500여 명의 청소 부문 직원을 지도하는 입장에 있는데, '이 사람은 틀림없이 잘

할 수 있을 거야'라는 생각이 들 때는 일일이 참견하지 않고 그대로 지켜봅니다.

나중에 '니이츠 씨, 왜 미리 말씀해 주시지 않았어요!' 라는 말을 들을 때도 있지만, 본인 스스로 고민하고 실패하는 과정을 겪지 않으면 진정한 의미의 배움은 얻을 수 없습니다.

물론 어려움을 겪을 때는 기꺼이 도움을 주겠지만, 그전에 '우선 너 혼자서, 겁내지 말고 해 봐. 책임을 지기 위해 내가 있는 거니까'라고 이야기하는 것이 순서라고 생각합니다.

벽이 놓여 있을 때는 힘껏 부딪쳐 봐라. 힘든 일도 겪어 봐라. 그것을 뛰어넘을 수 있을 때까지 내가 곁에 함께 있어 줄게. 뭐, 그런 느낌이랄까요. 저도 그렇게 해 왔고, 저를 가르쳐 주신 선생님과 상사 분들도 그렇게 저를 지도해 주셨습니다.

비가 내릴 때 뛰면 미끄러져 넘어진다는 것을 그 아이들은 자신의 몸으로 직접 겪으면서 배웠을 것이라 생각합니다.

다음부터는 넘어지는 일이 없겠지요. 그건 정말 근사한 경험이라 생각지 않습니까?

―벽이 놓여 있을 때는 힘껏 부딪쳐 봐라. 힘든 일도 겪어 봐라. 그것을 뛰어넘을 수 있을 때까지 내가 곁에 함께 있어 줄게.

뭐, 그런 느낌이랄까요. 저도 그렇게 해 왔고. 저를 가르쳐 주신 선생님과 상사 분들도 그렇게 저를 지도해 주셨습니다.―

질문하지 않으면
세상은 바뀌지 않아요

과장이 되자 회사에서 스마트폰을 지급해
주었습니다. 예전부터 임원들에게는 스마트폰이 지급되
었는데, 저 역시 관리직에 임명되면서 사내 시스템을 이
용할 수 있는 스마트폰이 지급된 것입니다.

'이것을 사용해 주세요'라고 건네준 것까지는 좋았는
데, 보호 케이스가 함께 들어 있지 않았습니다. 스마트
폰은 떨어뜨리거나 부딪히면 깨지기 쉬우므로 다들 보
호 케이스를 끼웁니다.

총무과 직원에게 '케이스가 없는데, 만약 액정이 깨

지거나 부딪혀서 고장이라도 나면 어떻게 하나요?'라고 묻자 '수리는 직접 하세요'라는 대답만 돌아왔습니다. '그건 이상하지 않나요? 그렇다면 더더욱 케이스를 주셔야지요'라고 건의하자 '케이스는 직접 사세요'라고 말했습니다.

'그렇다면 저는 스마트폰이 필요 없으니 다시 돌려드릴게요'라고 말하자 그쪽에서는 당황한 나머지 '안 됩니다. 업무상 필요하니 가지고 다녀 주세요'라고 말하는 것이었습니다.

뭔가 이상하지 않습니까? 제 생각은 그랬습니다. 총무과 직원은 '임원분들 모두 케이스는 직접 사서 쓰세요'라고 이야기했지만 옳지 않다고 생각했습니다.

아니 지금까지는 그래 왔을지 몰라도 저는 그 점이 잘못되었다고 생각했기에 도저히 관행대로 따를 수가 없었습니다.

결국 스마트폰 케이스 비용은 회사에서 부담해 주는 것으로 결론이 났습니다. 사실 저 자신을 위해 한 일이었지만, '니이츠 씨, 잘 건의했어요'라고 격려해 주는 사람도 있었습니다. 결과적으로는 앞으로 스마트폰을 지급받게 될 다른 사람들에게게도 좋은 일이 되었다고 생각합니다.

관례상 그렇다거나 그런 전례가 없다든가 하는 말의 의미를 저는 잘 모르겠습니다.

하지만 그 일이 조리에 맞는지 아닌지는 잘 압니다. 스스로 납득할 수 없는 일을 무비판적으로 받아들일 수는 없습니다.

묻지도 따지지도 않고 가만히 있으면 그 일은 온전히 제 책임이 되며, 그 일을 순순히 받아들이는 셈이 됩니다.

말이 거칠어 윗분들이 불편해 할 수도 있지만, 요즘은 '니이츠 씨는 원래 그런 성격이니까'라며 제 의견을 경청해 주시게 된 것 같습니다.

― 관례상 그렇다거나 그런 전례가 없다든가 하는 말의 의미를 저는 잘 모르겠습니다. 하지만 그 일이 조리에 맞는지 아닌지는 잘 압니다. 스스로 납득할 수 없는 일을 무비판적으로 받아들일 수는 없습니다. 묻지도 따지지도 않고 가만히 있으면 그 일은 온전히 제 책임이 되며, 그 일을 순순히 받아들이는 셈이 됩니다. ―

저는 출근 시각에 거의 딱 맞추어 출근합니
다. 회사에 도착해 유니폼을 갈아입고 자리에 앉으면 업
무 시작 2~3분 전이 됩니다.

'오늘은 아침에 일찍 나와 점검하러 다닙시다'라고 할
때는 한두 시간 전에 나올 때도 있지만, 그런 경우를 제
외하고는 늘 제시간에 맞추어 사무실에 들어갑니다.

그런데 연세가 많으신 분들은 저의 이런 점을 지적하
십니다. '그렇게 아슬아슬하게 나와서는 안 된다, 좀 더
일찍 나와라' 라고 말이지요.

하지만 정해진 시각에 출근하는 것이 뭐가 문제입니까?

일본의 회사원들에게는 정해진 시각보다 30분에서 1시간 정도 일찍 출근하는 것을 좋게 평가하는 관행 같은 것이 있는 모양입니다.

하지만 유럽 같은 선진국에서는 정해진 시간에 제대로 맞추어 출퇴근하는 것이 일반적입니다. 중국도 유럽과 비슷한 의식이 강합니다. 저 또한 이러한 사고방식을 지닌 사람입니다.

원래는 유니폼을 갈아입는 시간도 업무에 해당되므로 9시에 나와 옷을 갈아입어도 괜찮다고 생각할 정도입니다. 사복 차림으로 일해도 상관없는 직종도 많이 있으니까요. 의무적으로 유니폼을 착용해야 하는 현장 근로자의 경우, 옷을 갈아입고 옷차림을 점검하는 시간까지도 업무 시간에 포함해야 합니다.

지금은 회사 내 직책이 과장이므로 해야 할 일이 많으면 부득이하게 야근도 하고 조기 출근이나 숙직 근무도 하지만, 다른 직원들에게 야근을 강요하지는 않습니다.

특히 청소 현장에는 일한 시간만큼 임금을 받는 파트

타임이나 아르바이트 근로자가 많습니다. 그런 분들에게 아침에 여유 있게 30분 정도 일찍 나와 달라고 말할 수는 없습니다. 물론 본인 스스로 좋아서 일찍 나오는 것을 뭐라 하지는 않습니다.

지각하지 않는 이상, 상사인 제가 먼저 '출근 시간에 아슬아슬하게 맞추어 나오지 말고, 다음부터는 좀 더 일찍 오세요'라고 암묵적으로 강요하는 것은 잘못되었다고 생각합니다. 회사가 근로자에게 무료 노동을 강요하는 결과가 되어 버리니까요.

가끔씩 연배가 있으신 분들에게 '책임자인 니이츠 씨가 그런 식으로 굴어서야 어디 젊은 직원들에게 본보기가 되겠어요?'라는 말을 들을 때가 있습니다.

그런 말을 들을 때면 '그럼 그 30분이나 1시간에 해당하는 초과 근로 수당을 당신의 월급에서 지불할 겁니까?'라고 속으로 반박하게 됩니다. 그 정도의 해결 방안과 각오가 없다면 미안하지만 이곳의 책임자는 저이니 제 말에 따라주었으면 합니다.

파트타이머나 아르바이트생은 비정규직으로 권리를

보장받지 못하는 약자의 입장일 수밖에 없습니다. 아르바이트생에게 그런 부당한 요구를 하는 일은 제 자신부터 결코 용납하지 않을 것입니다.

파트타이머니 아르바이트생은 비정규직으로 권리를 보장받지 못하는 약자의 입장일 수밖에 없습니다. 아르바이트생에게 그런 부당한 요구를 하는 일은 제 자신부터 결코 용납하지 않을 것입니다.

4
장

내가 행복해야 주변도 행복합니다

기쁘게 일하고,
해 놓은 일을 기뻐하는 사람은 행복하다.
— 괴테

저는 1997년 '전국빌딩클리닝기능경기대회'
에서 운 좋게 1위를 한 후, 이듬해인 1998년에 결혼했
습니다.

기능경기대회와 결혼······ 얼핏 들으면 무관해 보이
는 일이지만, 기능경기대회 우승과 결혼 타이밍은 서로
관련이 있답니다.

남편과는 예전에 근무했던 회사에서 알게 되어 7년 정
도 사귀었습니다. 저는 워낙 세상 물정에 어두웠고, 일본
에 올 때까지 남녀 간의 교제가 어떤 것인지 전혀 몰랐기

때문에, 다른 사람이 들으면 웃음을 터뜨릴 만큼 정말 건전하고 성실하게 교제를 했습니다.

하지만 우리 두 사람 모두 거짓 없이 의견을 솔직하게 말하는 성격인 데다 맛있는 음식과 술을 좋아하는 공통점이 있었기 때문에 연인이자 동료로서 무슨 일이든 서로 이야기하고 의논하는 좋은 친구가 되어 뜻깊은 만남을 이어 왔습니다.

결혼을 약속했을 때는 무척 기뻤지만, 동시에 '결혼하면 성이 바뀌려나' 싶은 걱정이 가장 먼저 앞섰습니다. 결혼 전 제 성은 다나카　였는데, 남편 성을 따르는 일본의 관습 문제가 현실적으로 다가왔습니다.

그러자 일본에 온 뒤 '다나카 하루코'로서 이 세상에 무엇 하나 남긴 것이 없다는 생각이 들었습니다.

저는 어릴 적부터 '뭔가 한 가지 일을 시작하면 반드시 성과를 내는 것'을 자신만의 철칙으로 삼아 왔습니다. '다나카 하루코'로서 아무런 성과도 거두지 못했는데, '이대로 결혼해 '니이츠 하루코'가 되어 버려도 괜찮은 것일까?'라는 두려움이 생겼습니다.

그런 고민을 하던 시기에 스즈키 상무님의 추천을 받아 '전국빌딩클리닝기능경기대회'에 도전하게 된 것입니다.

결혼 전에 무엇 하나 이루어 놓은 것이 없다는 불안감에 휩싸여 지금의 남편에게 '전국 대회에서 1위를 하지 못하면 결혼하지 않을 거야'라고 선언해 버렸습니다.

하지만 자신만만하게 출전한 예선 대회에서 저는 2위를 하고 말았습니다. 그렇게나 열심히 대비했는데 이유가 뭘까……. 분한 마음이 들어 '이대로 끝낼 수는 없다'고 결심했습니다.

그래서 전국 대회 본선을 두 달 앞두고 스즈키 상무님과 함께 맹훈련에 돌입했습니다. 그 결과 전국 대회에서 최연소로 당당히 우승했고, 큰 성취감과 기쁨을 안고 결혼식을 올릴 수 있었습니다.

정말 1위를 할 수 있을지 없을지는 도전해 보기 전까지는 알 수 없었습니다. 1위를 하기 위해 몇 년을 더 기다려야 했을 수도 있습니다.

하지만 그때 저는 절실한 마음으로 '좋은 성과를 거두

지 못하면 결혼하지 않겠다'고 모든 걸 걸었고, 그 각오를 지금의 남편에게 선언했습니다. 조금의 망설임도 없었습니다.

남편은 그런 저에게 '응원할게'라며 믿고 기다려 주었습니다. 남편은 아마 무슨 말을 해도 제가 듣지 않으리라는 것을 알고 있었을 겁니다. '다나카 하루코'로서 최선을 다했기에 '니이츠 하루코'가 된 후에도 있는 힘껏 앞으로 나아갈 수 있었다고 생각합니다. 그리고 지금도 변함없이 저를 응원해 주고 있는 남편에게 늘 고마움을 느낍니다.

그 당시에는 어쩌다 보니 전국 대회 1위라는 가시적 '성과'를 거두었지만, 성과라고 해서 반드시 거창할 필요는 없습니다. '복근 만들기'나 '책 한 권을 끝까지 읽기' 등 그 무엇이든 좋습니다. 그것이 자신이 정한 '목표'이자 '성과'라면 말이지요.

'성과를 낸다는 것'은 자신과의 약속, 자신과의 싸움입니다. 이렇듯 인생에 있어 자신과의 약속을 지키는 일이 저에게는 매우 중요합니다.

— 저는 어릴 적부터 뭔가 한 가지 일을 시작하면 반드시 성과를 내는 것을 자신만의 철칙으로 삼아 왔습니다.

성과를 낸다는 것은 자신과의 약속. 자신과의 싸움입니다.

이렇듯 인생에 있어 자신과의 약속을 지키는 일이 저에게는 매우 중요합니다. —

　　　　　남편과 둘만의 신혼 생활을 시작하면서 우리 집만의 규칙을 만들었습니다. 결혼 전에 어떤 선배로부터 '결혼하고 10년, 20년쯤 지나면 서로에게 공기 같은 존재가 되는 거야'라는 조언을 들었지만, 저는 그렇게 되는 것이 너무나도 싫었습니다.

　신혼 초엔 정답게 손을 잡고 거닐다가 나이를 먹은 후 따로따로 걷는 모습을 상상하면 끔찍하지 않습니까? 호호백발이 된 후에도 둘이서 알콩달콩 살아가고 싶었어요. 그래서 '우리, 규칙을 정하자'라고 제안했습니다. 예를 들면 이런 것입니다.

'아침 인사는 꼭 할 것.'

'외출할 때는 반드시 배웅할 것.'

'매일 아침 불단에 차를 올리고, 둘이서 함께 차를 마실 것.'

이밖에도 한 달에 한 번은 함께 외식을 한다든가, 한 달에 한 번은 여행을 간다든가 하는 구체적인 인생 규칙을 깨알같이 작성했습니다.

'저녁 식사 반찬은 최소 다섯 가지 정도는 만들 것.'

'두부 요리를 반드시 한 가지 넣을 것.'

이것은 남편의 희망 사항이었습니다. 둘 다 술을 좋아해서 저녁 식사 중에 반주를 하며 영원히 함께 즐기자는 뜻이었습니다.

최근에는 제가 바빠서 퇴근이 늦어지면 남편이 저녁을 차려 줍니다.

매일 아침 한 시간 동안 청소하는 일은 제가 자진해서 맡았습니다. 전날 아무리 늦게 퇴근해도, 다음 날 아무리 회식 등으로 숙취가 심해도 무조건 아침 5시에 일어나 청소를 합니다.

거실, 부엌, 욕실, 화장실 등 일상적으로 사용하는 공간은 매일 청소합니다. 먼지가 많이 끼는 환기 팬은 한 달에 한 번 정도 꺼내어 깨끗이 씻습니다.

남편이 그렇게 하라고 요구한 것은 절대 아닙니다. 청소의 중요성을 누구보다 잘 아는 제가 그렇게 하고 싶으니까 '그렇게 하겠다'라고 선언해 버린 것뿐입니다.

오히려 남편은 컨디션이 좋지 않거나 힘들어 보이는 날에는 '오늘은 쉬는 게 어때?'라며 걱정해 줍니다. 하지만 제가 먼저 '아니야, 꼭 해야 돼'라며 고집스럽게 청소합니다.

스스로 말을 꺼낸 이상 실천해야만 합니다. 그렇게 스스로 다짐하기 위해 일부러 약속을 정하고 규칙으로 삼은 것입니다.

저는 한 가지 일에 꽂히면 지나치게 몰두해 버리는 성격이므로 그렇게 룰을 정해 두지 않으면 빠뜨리기 십상입니다. 그런 자신의 스타일을 잘 알고 있기에 게으름을 피우거나 포기하지 않도록 미리 선언해 두는 것입니다.

남편은 저보다 열 살 연상인데, 나이 차이가 좀 있다 보니 저와 생각이 많이 다릅니다. 그래서 우리 부부는 서로를 존중하며 되도록 의견을 맞추려고 노력합니다. 연애 시절의 감정을 잊지 않고 평생 사랑하며 사이좋게 지내고 싶습니다.

스스로 말을 떠낸 이상 실천해야만 합니다. 그렇게 스스로 다짐하기 위해 일부러 약속을 정하고 규칙으로 삼은 것입니다.

내가 행복해야
주변도 행복합니다

세상에 혼자 할 수 있는
일은 없어요

얼마 전에 과자를 30만 엔어치약 300여만 원나
샀습니다. 센베이와 양과자 등을 수십 상자쯤 샀을까요.
이것들을 옮기느라 터미널 빌딩에 있는 과자점과 제 사
무실 사이를 네 번이나 왕복했습니다.

한꺼번에 이렇게 많은 과자를 구입한 것은 난생처음
이었습니다.

제가 근무하는 일본공항테크노주식회사는 하네다공
항을 운영하는 일본공항빌딩의 그룹사입니다. 그런데
제가 그 모회사로부터 CEO가 주는 사장상을 받게 되었고, 그 부상으로 30만 엔을 받은 것입니다.

상을 받게 되어 매우 기뻤지만 마음에 걸리는 점이 한 가지 있었습니다. 그 상이 니이츠 하루코 개인에게 수여되었다는 점이지요. 기쁘긴 했으나 '그건 좀 잘못된 것이 아닐까' 하는 생각이 들었습니다.

이 넓은 공항을 깨끗이 유지하는 것은 저 혼자 할 수 있는 일이 아니기 때문입니다. 모두가 열심히 힘을 합쳐 달성한 일이고, 저는 단지 노고하신 모든 분들의 대표로서 받은 것뿐입니다.

'이 상은 원래 모두가 함께 받아야 할 상이야. 그러니다 함께 나누도록 하자'고 생각했습니다.

'그래, 공항 내 상점에서 뭔가를 구입한다면 상을 준 모회사에도 그 이익이 돌아가지 않을까.' 그런 기특한(?) 아이디어가 떠오르자 가만히 있을 수 없었습니다. 곧바로 공항에 입점해 있는 상점에 예약해 놓고 상을 받은 당일 날 과자를 사러 간 것입니다.

과자를 구입한 다음 제1 여객터미널, 제2 여객터미널을 전부 돌며 각 부서와 관련 업체, 협력 업체에 계신 모

내가 행복해야
주변도 행복합니다

든 분들에게 일일이 나누어 드렸습니다.

자리에 계신 분들에게 나눠 드리며 '다 같이 드세요'라고 이야기했는데, 처음에는 다들 과자를 보고 깜짝 놀란 듯했습니다.

하지만 '회사로부터 사장상을 받았는데, 저 개인이 아니라 모두가 노력한 덕분이라 생각해서 다 같이 나누어 먹고 싶어요'라고 설명하자 몹시 기뻐하시며 흔쾌히 받아 주셨습니다.

과자를 나누어 드린 후에도 많은 에피소드가 있었습니다. 각 부서마다 '니이츠 씨가 주신 센베이 과자예요'라며 함께 나누어 드셨던 모양입니다.

안면이 있던 분들에게서 '이게 무슨 일이래요? 이거 그냥 받아도 괜찮은 거예요?'라며 쉴 새 없이 전화가 걸려왔습니다.

한 사람 한 사람에게 자초지종을 일일이 설명하자 다들 기뻐해 주셨고 '고마워요' '저희야말로 늘 고맙지요. 앞으로도 잘 부탁드려요'라는 훈훈한 덕담이 이어졌습니다.

그날은 하루 종일 떠들썩하게 보냈지만, 정말 즐거웠습니다.

그날 회사로부터 받은 포상은 단순한 격려가 아니라, 함께 일하는 동료들과 기쁨을 나누고 서로에게 감사의 마음을 전하라는 의미로, 하늘이 내려 주신 선물이 아닐까 생각했습니다.

이 상은 원래 모두가 함께 받아야 할 상이야.

그러니 다 함께 나누도록 하자고 생각했습니다.

그날 회사로부터 받은 포상은 단순한 격려가 아니라,

함께 일하는 동료들과 기쁨을 나누고 서로에게

감사의 마음을 전하라는 의미로 하늘이 내려 주신

선물이 아닐까 생각했습니다.

내가 행복해야
주변도 행복합니다

가족은 모두의
기쁨이자 공로자

모회사로부터 사장상을 받고 부상 30만 엔을 전부 과자로 바꿔 모두에게 나누어 준 그날 있었던 뒷이야기입니다.

그날 제일 먼저 남편에게 전화를 걸었습니다. 상금이 꽤 거액이다 보니 왠지 그 돈을 받는 것이 조금 무서워졌기 때문입니다.

'이런 금액을 받았는데, 당신이라면 어떻게 할 거야?' 라고 묻자 남편 또한 '당신 혼자 받는 것은 좀 이상하지 않아?' 하고 말했습니다. '역시 그렇구나' 하는 생각에 다시 '그럼 당신이라면 어떻게 할 거야?'라고 묻자 남편은 망설임 없이 '뭔가를 사서 다 함께 나누는 게 어때?'라고 조언해 주었습니다.

그래서 저는 '상금을 전부 사용해도 되겠다!'라는 생각으로 센베이를 구입하러 간 것입니다.

제가 직장에서 100%의 힘을 발휘하며 일할 수 있는 것은 남편의 넉넉한 이해와 외조 덕분입니다. 그래서 30만 엔을 어떻게 사용할까 고민할 때도 파트너인 남편의 의견을 먼저 물어본 후 결정하자고 한 것입니다.

그 일이 있기 얼마 전에 우리 공항 주식회사에서도 상을 받았는데, 그때는 저 개인뿐만 아니라 부서도 함께 상을 받았기에 저에게 주신 상금을 감사히 받았습니다. 그때도 상금의 반은 남편에게 주고, 나머지 절반은 불단 앞에 올려 두었습니다. 조상님을 위한 비용으로 써 달라는 의미였습니다.

여성이 사회생활을 하려면 가족들의 도움이 많이 필요합니다. 주임이나 과장처럼 책임이 따르는 직책에 오르려면 저처럼 결혼해도 아이가 없거나 독신이지 않으면 현실적으로 여러 어려움이 따릅니다. 특히 현장 업무는 평소에는 괜찮지만, 어떤 문제가 발생했을 때는 책임자가 자리를 지키고 있어야만 부하 직원들이 고생하지 않습니다.

남편에 대한 고마운 마음을 간직한 채, 지금 제가 맡고 있는 일에 좀 더 책임을 다하려고 합니다.

여성이 사회생활을 하려면 가족들의 도움이 많이 필요합니다.

남편에 대한 고마운 마음을 간직한 채. 지금 제가 맡고 있는 일에 좀 더 책임을 다하려고 합니다.

저는 2015년부터 '환경 마이스터'로서 후배 양성에 힘쓰고 있습니다. 마이스터란 장인이라는 뜻입니다.

모든 청소 기술을 통달할 것, 마음을 담아 청소할 수 있고, 그것을 다른 사람에게 가르칠 수 있을 것, 그리고 빌딩클리닝기능경기대회에서 전국 1위를 수상할 것.

이것이 우리 회사의 '환경 마이스터'가 갖추어야 할 조건입니다.

앞으로 10년 동안, 제 목표는 제 뒤를 이을 '환경 마이스터' 등 훌륭한 인재를 키우는 일입니다. 그러기 위해 저 자신도 늘 업그레이드를 해야 하며, 체력도 최대한 유지해야 합니다.

'그렇다면 그 일을 마친 후에는 어떤 계획이 있는가? 정년을 맞은 다음에는 무엇을 해야 할까?'

저는 60대가 되면 다시 한 번 전국빌딩클리닝기능경기대회에 출전할 생각입니다. 20대 때 함께 일했던 선배에게 이런 말을 들은 적이 있습니다. '네가 나보다 젊을지는 몰라도 너한테 지지는 않을 거야'라고 말이지요.

꽤 까칠한 성격의 선배였지만, 그런 말을 듣자 왠지 '오, 멋진데?'라는 생각이 들었습니다. 그래서 저 또한 '지지 않을 거야!'라고 말할 수 있는 선배가 되자고 생각했습니다.

저는 이제 일반 기능경기대회에는 출전할 수 없지만, 역대 수상자들을 대상으로 한 그랜드챔피언대회라는 것이 있습니다. 그 대회에 나가 반드시 1위를 하겠다고 마음먹고 있습니다. 그런 다음 '젊은이한테 지지는 않을 거예요!'라고 말하고 싶어요.

상상해 보세요. 마흔 후반이라는 지금의 제 나이는

그런 말을 하기에 너무 어정쩡하잖아요. 예순 살에 1위를 하면 충분히 그런 말을 해도 괜찮지 않을까 생각한답니다. 일흔 살까지 살아 있다면 그때도 계속 청소 일을 하고 있을 테니, 그때 또다시 뭔가에 도전해 볼까 생각 중입니다.

주위에 연배가 어느 정도 있으신 여성분들이 많아 자주 여쭤 보는데, 갱년기가 빠른 사람은 마흔다섯 살에 오기도 한다고 해요. 눈이 침침해지거나 체력이 급격히 떨어진다네요.

아직 저에게는 제 뒤를 이을 '환경 마이스터'를 양성해야 한다는 목표가 있기에 쉰다섯 살까지는 무슨 일이 있어도 체력을 유지하고 싶어요.

지금부터 체력을 더 관리해 체력이 조금 떨어진다고 해도 평균 이상은 되도록 유지하고 싶습니다. 평균 수준의 체력은 정말 싫어요.

주위에 계신 연배 있으신 여성분들의 이야기를 들으면 제가 그 나이가 되었을 때 어떤 모습일지 상상하게 됩니다.

그리고 그때부터 거꾸로 계산해서 쉰 살까지는 이러
저러한 것을 이루고 싶고, 쉰다섯 살까지는 이러이러
한 것을 이루고 싶다는 식으로 상상의 나래를 펼쳐 봅
니다.

남편과 데이트 중이었을 때의 일입니다. '어머니의 날'이 얼마 남지 않았기에 '올해는 어떻게 할까' 고민하고 있었습니다. 그래서 아무렇지 않게 '이제 곧 어머니의 날인데 무슨 계획 있어?'라고 남편에게 물었습니다. 그러자 '아니, 아무것도 없는데'라는 대답이 돌아왔습니다.

'그럼 본가에 내려가거나 하지는 않아?'라고 묻자 '3~4년에 한 번 내려가려나'라는 시큰둥한 답변이 돌아왔습니다. 그 말에 그만 깜짝 놀라 '그게 무슨 소리야!'

라며 큰소리를 내고 말았습니다.

남편이 중학생일 때 아버님께서 돌아가셨고, 그 후로 어머님 혼자 생계를 잇기 위해 일하시는 바람에 늘 집을 비우셨다고 합니다.

남편 자신도 중학생 때부터 신문 배달 일을 하느라 판매소에서 잠을 자는 일이 많았고, 어머님과 그리 살가운 사이도 아니었다고 해요.

'아, 이 사람은 참 외로운 사람이었구나' 하는 생각이 들었습니다. 이대로 두어서는 안 된다는 걱정스런 마음이 들었기에 '일단 꽃을 선물로 보내자. 그리고 전화 한 통이라도 드려'라고 조언했습니다.

남편도 '그러지 뭐'라는 식으로 어머니의 날에 고향집에 계신 어머님께 전화를 드렸습니다. 그러자 이번에는 어머님께서 깜짝 놀라 '무슨 일이 있니?'라고 물으셨다고 합니다. '여태껏 아들이 먼저 전화를 해 온 적이 한 번도 없으니까'라고 의아해 하셨대요.

'놀라게 한 네가 잘못한 거야'라고 남편에게 얘기하셨지만, 내심 무척 기뻐하신 듯했습니다.

그 후 3년 뒤에 어머님 또한 돌아가셨지만, 지금도 불단에 사진을 장식해 두고 매일 아침 어머님과 대화를 나누고 있습니다.

남편은 처음에는 불단 앞에 사진을 놓는 것조차 내키지 않아 했지만, 제가 '잊지 않기 위해 두는 것뿐이니까'라고 말하자 더 이상 잔소리하지 않았습니다.

중국에서는 성묘를 자주 갑니다. 청소를 하고 향을 올립니다. 일 년에 네 번은 오히려 적은 편입니다. 향이 전부 탈 때까지 그 자리를 지키는 것이 중국식 예절이므로 친정 쪽 성묘를 가면 향이 다 타는 동안 남편과 함께 돌아가신 할머니에 대해 추억을 나누곤 합니다.

'이런 일이 있었어. 참, 저런 일도 있었는데'라는 식으로 소리 내어 이야기하므로 주위에 사람들이 있을 때는 남편이 '이제 그만 좀 해'라며 창피해 하지만 말입니다.

저는 딱히 신앙심이 깊지는 않습니다. 오히려 눈에 보이지 않는 것은 믿지 않는 편입니다. 특히 제가 태어났을 당시, 중국은 문화대혁명 시기라 종교를 금지했으니까요.

하지만 부모님이나 조상을 소중히 여기는 것은 자연스러운 인간의 감정입니다. 그들이 늘 우리를 지켜봐 주고 계실 것만 같거든요.

남편과 결혼 전, 반드시 지켜 달라며 딱 한 가지 조건을 붙였습니다. 바로 건강을 챙겨 달라는 것이었습니다.

남편은 저보다 열 살이 많습니다. 나이 순서대로 간다면 나중에 저 혼자 남겠지요. 그건 너무 쓸쓸해서 싫습니다. '일찍 죽으면 절대로 용서하지 않겠다'고 남편에게 엄포를 놓은 것을 지금도 기억하고 있습니다.

'죽을 거라면 아흔 살은 넘기고 죽어'라고 말이지요. '젊은 아내를 데리고 산다는 건 그런 거야. 그게 당신의 의

무야'라고도 말했습니다. 그 말에 남편은 '최선을 다할게'
라고 대답했습니다.

남편을 보며 대단하다고 느낀 것은 결혼 후에 단 한
번도 폭음이나 폭식을 한 적이 없다는 점입니다. 특히,
하루에 두 갑씩 피우던 담배를 점차 줄이더니 아파트
를 구입하자 '금연하겠다'는 폭탄선언을 한 뒤, 지금까
지 한 번도 피우지 않았습니다.

저는 전혀 참견하지 않습니다. 건강관리는 전적으로
남편이 알아서 하도록 맡깁니다. 제가 하고 있는 일은 청
즙(녹색 채소를 등껀 건조하여 분말로 만든 것)이나 세사민(Sesamine,
참깨에 들어 있는 성분으로 항산화 작용을 한다)을 사서 건네는 정
도입니다.

사생활 또한 모든 일을 남편이 주도적으로 처리해 주
고 있습니다. 일본에서 흔히 말하는 '남편을 깔아뭉개는
행동'이란 것이 무엇인지 저는 전혀 모릅니다. 전부 남
편에게 맞추고 있으니까요.

어디를 갈 때도 저는 그저 따라가기만 합니다. 이렇듯
사생활에서 저는 아무것도 결정하지 않습니다.

해마다 오봉양력 8월 15일 전후의 일본 최대 명절에는 불꽃놀이를 보러 가자고 약속했지만, 어쩐 일인지 유독 그때가 되면 뭔가 일이 생기곤 합니다.

게다가 몇 년 전부터 하우스클리닝협회에 강사로 참여하고 있는데, 하필 강습 첫날과 명절이 겹친 데다가 회사에서도 당번을 맡은 날이라 귀가가 늦어져, 결국 불꽃놀이를 가지 못하고 말았습니다.

올여름에도 텔레비전을 보다가 불꽃놀이가 화면에 나오자 남편이 '그러고 보니 벌써 여름이네. 올해는 일정이 어떻게 돼?'라고 넌지시 물었는데 제가 그만 '응? 무슨 일이라도 있어?'라고 되묻고 말았습니다.

'불꽃놀이를 하잖아! 작년에도 일 때문에 못 갔으면서……'라는 말에 그제야 '아, 맞다!' 하고 떠올릴 정도였습니다. 올해도 그날이 당번이기는 했지만, 불꽃놀이 시간에 늦지 않도록 서둘러 퇴근했습니다.

집에서는 늘 이런 식으로 제대로 할 줄 아는 게 없습니다. 일단 한 가지 일에 꽂히면 다른 것을 전혀 신경 쓰지 않는 성격이라, 텔레비전을 보면서 밥을 먹다가도 프로그램에 열중해 밥 먹는 것을 잊어버릴 정도입니다. '이것 봐, 젓가락질을 아까부터 멈추고 있잖아!'라고 남편이 주의를 줄 정도로요. 오직 남편만 믿고 살고 있습니다.

일본에서 흔히 말하는 남편을 걸어 뭉개는 행동이라 것이 무엇인지 저는 전혀 모릅니다. 전부 남편에게 맡추고 있으니까요.

어린 적부터 연배가 있으신 분들에 대한 동경 같은 것이 있었습니다. 저희 어머니는 7남매 중에 장녀이신데, 외할머니는 막내 외삼촌과 함께 사셨기에 어릴 적에는 할머니와 함께 산 적이 없습니다. 하지만 그때도 저는 많은 것을 가르쳐 주신 따뜻한 할머니가 너무나도 좋았습니다.

우리 가족이 일본에 건너온 후, 엄마 형제들이 교대로 두 명씩 일본으로 건너와 반년씩 우리 집에서 같이 산 적이 있었습니다. 그때 처음으로 외할머니와 함께 살았는데, 너무나도 즐거웠습니다.

저는 고등학생 시절, 일찍 일어나 아르바이트를 가야 했는데, 그때 할머니께서 매일 아침 저를 깨워 주셨습니다. 저를 톡톡 두드리며 '괜찮아? 일어날 수 있겠어?'라고 말을 걸어 주셨지요.

학교를 다닌 적이 없어 글을 읽지 못한 할머니는 낯선 일본 땅에서 하루하루 최선을 다해 사셨습니다. 할머니의 인자한 목소리라든가 따뜻한 말투 때문인지 할머니와 함께 있기만 해도 심신이 안정되고, 무척이나 기뻤던 기억이 납니다. 지금도 외할머니를 떠올리면 눈물이 납니다.

아르바이트를 하던 곳에서도 나이가 지긋하신 아주머니에게 큰 도움을 받은 적이 있습니다. 아르바이트 선배이자 제게 무척 상냥했던 분입니다.

저는 한때 극심한 스트레스로 심한 위통에 시달린 적이 있습니다. 마치 위를 바늘로 콕콕 찌르는 듯했습니다. 그런데도 일을 그만둘 수가 없어 명치 부근을 허리띠로 졸라매고 어떻게든 고통을 참으며 일했습니다.

그날도 일을 마치고 허리띠를 풀다가 그대로 쓰러지고 말았습니다. 그러자 그 아주머니께서 '많이 힘들었지?'라며 한참 동안이나 등을 쓸어 주셨습니다.

저도 그런 아주머니나 우리 할머니 같은 가슴 따뜻한 사람, 인간미가 넘치는 사람이 되고 싶습니다. '과연 그렇게 될 수 있을까' 늘 고민합니다.

이처럼 연배가 있으신 분들에 대한 특별한 감정이 어디에서 온 것인지 저로서도 잘 알지 못합니다. 줄곧 지켜봐 주는, 무조건적으로 내 편이 되어 주는 것에 대한 안심감 때문일까요. 그런 무조건적인 애정을 저는 무척이나 목말라하고 있었나 봅니다.

부모님도 열심히 애정을 쏟아 주셨다고 생각하지만, 자신의 일은 자신이 알아서 하라는 것이 부모님의 기본적인 교육 방침이었습니다.

어리광을 받아 주시거나 고민을 들어 주신 적이 단 한 번도 없었습니다. 그렇기에 제 안에 그런 무조건적인 애정을 갈구하는 부분이 숨어 있었나 봅니다.

저는 시어머님도 무척이나 좋아했습니다. 할머니도,

시어머님도 이제는 돌아가셨지만, 상상 속에서 계속 만나고 있다는 기분이 듭니다. 가끔씩 기억과 상상을 겹쳐 보기 때문인지 두 분을 생각하는 마음이 늘 그대로 남아 있어, 지금도 제 안에 두 분이 살아 숨쉬는 것만 같습니다.

부록

청소의 신이 알려주는 매직 청소법

화장실에는 T자형 스퀴지를 상비하라

화장실 청소는 수분이나 습기와의 전쟁입니다. 또한 곳곳에 튄 샴푸나 보디클렌저 같은 세정제 찌꺼기와의 싸움이기도 하지요. 그냥 방치했다가는 곰팡이와 물때가 사방에 생기게 됩니다.

이러한 것들은 시간이 지날수록 제거하기 어려워지므로 미루지 말고 매일 틈날 때마다 닦아주는 것이 좋습니다. 하지만 화장실 전체를 수건 등으로 매일 닦는 것은 보통 일이 아닙니다.

그래서 저희 집에서는 화장실에 스퀴지squeegee, T자형 유리창 청소 와이퍼를 상비해 둡니다. 목욕을 마치면 물을 제일 뜨거운 온도로 맞춘 다음 샤워기로 욕조와 거울, 벽, 천장에 골고루 뿌립니다. 세정제 찌꺼기는 대부분 60도 이상의 온도에서 녹으므로 물은 최대한 뜨겁게 하는 것이 좋습니다. 물을 다 뿌리고 나면 젖은 면을 스퀴지로 밀어 물기를 털어 냅니다. 그런 다음 한 시간 반 정도 환풍기를 돌리면 됩니다. 환풍기가 없을 경우에는 선풍기를 틀고 화장실 문을 살짝 열어 놓으세요. 스퀴지는 고무로 된 수백 엔짜리[몇천 원] 저렴한 제품을 사용하면 좋습니다.

가스레인지 삼발이도 그릇처럼 매일 닦아라

요리를 하거나 식사를 마치고 나면 가스레인지와 삼발이 주변은 자주 닦으시지요? 그럼 삼발이 자체는 어떻게 하시나요?

저는 '삼발이 또한 그릇이나 마찬가지'라고 생각합니다. 그래서 요리를 끝내고 나면 늘 가스레인지에서 삼발이를 전부 떼어 냅니다. 식사를 하는 동안 뜨거운 물에 담가 둔 후 설거지를 할 때 같이 씻으면 더러워질 틈이 없습니다. 기름때나 그을음은 시간이 지날수록 엉겨붙어 잘 떨어지지 않으므로 '더러워지기 전에 미리 세척하는 것'을 원칙으로 하는 것이 좋습니다.

생선 그릴도 마찬가지입니다. 요리를 끝낸 후 그릴을 뜨거운 물로 한 번 헹군 다음 세제에 담가 두었다가 다른 그릇 설거지할 때 함께 씻습니다. 그렇게 하면 비린내나 탄내도 거의 남지 않습니다.

청소를 마치면 늘 수건을 빨아서 주방용 표백제에 담가 살균합니다. 문제는 아침에 청소하기 때문에 수건을 표백제에 담가 둔 채 출근해야 할 때입니다. 너무 오랜 시간 담가 두면 안 됩니다.

그럴 때는 표백제를 물에 매우 옅게 풀어 희석시켜 둡니다. 표백제를 뚜껑에 3분의 1 정도 따른 다음 양동이 한 개 분량의 물에 25리터에 풉니다. 여기에 수건을 두세 장 담급니다. 즉 시간이 길수록 세척액을 적게 넣어 옅게 희석시키는 것입니다.

반대로 짧게 담갔다가 바로 빨 경우에는 세척액의 농도를 진하게 합니다. 예를 들어 와이셔츠의 누런 때를 제거할 때는 원액에 담갔다 바로 세탁기에 넣어 빱니다.

물의 온도도 영향을 주지만, 기본적으로 빨래를 물에 담갔다 빨 때는 담그는 시간×세척액의 농도를 고려해야 합니다. 그래야만 시간과 세제를 효율적으로 절약할 수 있습니다.

바쁠 때는 대형 청소기를 꺼내 방 구석구석을 청소하는 것이 시간도 걸리고 큰일처럼 느껴집니다. 그렇다고 '나중에 시간 날 때 해야지' 하고 미루려니 머리카락이나 자잘한 쓰레기가 눈에 띄어 스트레스가 쌓입니다.

따라서 바쁜 사람일수록 청소기를 구분해서 사용하는 것이 좋습니다.

저희 집에는 대형 청소기 이외에도 충전식 소형 핸디 청소기가 한 대 더 있습니다. 핸디 청소기로는 매일 눈에 띄는 곳을 간단히 자유자재로 청소할 수 있습니다. 반면 대형 청소기는 일주일에 한 번, 집 안 구석구석을 청소할 때 사용합니다. 최근에는 벽에 걸 수 있을 정도로 가벼운 무선 청소기도 나와 있으므로 생각날 때마다 한 번씩 돌리면 좋습니다.

이때 주의할 점이 한 가지 있습니다. 청소기 면

지함을 매일 비우지 않으면 그 안에 계속 쓰레기가 쌓여 잡균이 번식하기 쉽습니다. 제일 좋은 것은 청소 후 바로 먼지함을 비우고, 그렇지 못할 경우에는 청소기 흡입구에 테이프 등을 붙여 두는 것이 좋습니다.

수건은 반으로 세 번 접어 닦는 것이 기본

저는 수건을 접어서 꿰매 만든 '걸레'는 사용하지 않습니다. 너무 두툼해서 공간이 좁거나 얇은 부분은 제대로 닦이지 않기 때문입니다. 가정에서는 누가 주었거나 낡아 버린 수건을 사용하는 것만으로도 충분합니다.

걸레질 잘하는 요령은 수건을 반으로 세 번 접어서 사용하는 센스에 있습니다. 매우 간단하고 기본적인 방법이지만, 실제로는 청소 전문가들도 이 방법을 제대로 실천하는 사람이 많지 않습니다.

먼지 한 면을 닦은 다음 걸레를 뒤집습니다. 그런 다음 다시 한 면을 닦은 후 접힌 부분을 펼쳐 반대 방향으로 뒤집습니다. 열심히 닦아 낸 때와 먼지가 다른 곳에 묻지 않도록 항상 수건의 깨끗한 면을 사용해 닦습니다. 이렇게 여덟 면을 모두 사용하면 수건을 교환하거나 양동이에 담긴 물에 빨아서 사용합니다.

쓱 닦아 버리고 싶지만, 더러운 부분에 직접 손을 대고 싶지는 않다, 하지만 고무장갑이 없다. 이럴 때는 어떻게 해야 할까요?

이 경우 수건을 '즉석 목장갑'으로 활용합니다.

수건을 반으로 세 번 접은 다음, 주머니처럼 안쪽이 막혀 있는 부분에 네 손가락을 넣습니다. 이렇게 하면 손바닥부터 손끝까지 전부 감쌀 수 있습니다.

맨손으로 탁자의 밑면 등 잘 보이지 않는 곳을 닦을 때에도 이렇게 하면 나무 가시 같은 뾰족한 것에 찔리는 일 없이 안전하게 닦을 수 있습니다.

수건이 큰 경우에는 손의 크기에 맞춰 왼쪽~~왼쪽손잡이의 경우~~을 접고 엄지로 꾹 눌러 줍니다.

☐ 수건은 최대한 '얇게' 만들어 닦아라

천장이나 창틀 구석 등 좁고 가느다란 곳을 닦을 때 접은 수건이 너무 두꺼워서 잘 닦이지 않을 때가 있습니다. 그럴 때는 수건을 최대한 '얇게' 만들어 사용합니다.

저는 수건을 집게손가락에 둘둘 감아 닦습니다. 이렇게 하면 닦는 곳의 감촉을 직접 확인하면서 닦을 수 있습니다.

이때 수건을 펄럭이게 두면 걸레질할 때 방해되기도 하고 높은 곳을 닦을 때 시야를 가려 위험해질 수 있으므로 반대편 끝을 다른 손으로 꽉 잡아 줍니다. 낙하 방지 효과도 있습니다. 닦은 면이 더러워지면 수건을 조금 당겨 다른 깨끗한 면을 사용합니다. 이렇게 한 줄을 모두 쓰면 이번에는 그 옆의 면을 사용합니다. 항상 수건의 깨끗한 면을 쓰도록 하세요. 모양이 일정하지 않은 자투리 천도 이 방법을 사용하면 골고루 쓸 수 있습니다.

극세사 천을 매직 도구로 활용하라

한눈에 보기에도 '이 방은 정말 쾌적해 보이는데!'라고 감탄을 자아내게 하는 포인트가 몇 가지 있습니다. 바로 거울, 유리창, 스테인리스 등을 늘 반짝반짝 닦아 두는 것입니다. 얼룩이나 때는 생기기 전에 미리 방지하는 것이 기본입니다.

저희 집에서는 세면대와 거실 그리고 방 창문 근처에 늘 극세사 천을 걸어 둡니다. 생각날 때마다 한 번씩 휙 닦을 수 있어 편리합니다. 물건을 사용한 뒤에는 늘 잊지 않고 한 번씩 닦아 줍니다.

텔레비전이나 컴퓨터, 비데 등 정전기가 일어나기 쉬운 곳은 마른 수건으로 닦지 않고 젖은 수건으로 닦습니다. 극세사 천을 빨 때는 섬유 유연제나 유연제 성분이 들어간 세제를 사용하지 않고, 다른 세탁물과 따로 빱니다. 양이 많지 않을 때는 손빨래를 해도 좋습니다. 만졌을 때 부드럽지 않고 뻣뻣하면 낡았다는 신호입니다. 낡은 극세사 천은 다른 일반 수건처럼 사용하세요.

전문가 못지않은 주걱 활용법

여러분은 혹시 청소 도구로 주걱을 사용해 본 적 있으세요? 주걱은 청소 전문가라면 누구나 반드시 가지고 있는 필수품이지만, 가정에서는 의외로 사용하시는 분이 많지 않습니다.

주걱에 수건을 감으면 조명 기구의 틈새나 수납 가구의 빈틈 등 손이 잘 닿지 않는 곳을 닦을 때 유용하게 쓸 수 있습니다. 또 손으로 닦을 때 힘을 너무 세게 주면 오히려 틈새로 먼지가 들어가 버릴 수 있지만, 주걱을 사용해 표면을 가볍게 쓸어내리면 먼지나 때를 쉽게 닦아 낼 수 있습니다.

저는 청소를 할 때 대나무 주걱을 사용합니다. 대나무는 흠집이 잘 나지 않는 것이 장점인데, 사실 제가 사용하는 대나무 주걱은 오래된 죽도를 깎아 만든 것입니다. 죽도를 준 친구가 '세상에, 이걸 아직도 쓰고 있어?'라며 기뻐해 주었습니다.

낡은 칫솔 또한 좁은 곳을 청소할 때 사용하면 편리합니다.

고무장갑 손목 부분을 밖으로 접는 센스

이것도 매우 기본적인 사항이지만, 아직 모르시는 분이 있다면 꼭 한번 활용해 보시기 바랍니다. 고무장갑을 손에 낄 때 손목 부분을 밖으로 2~3센티미터 정도 접습니다.

평소에 손을 아래로 놓고 작업할 때는 문제가 없지만, 찬장이나 냉장고 윗부분 등 높은 곳을 물걸레질할 때, 수건을 꽉 짜지 않고 사용하면 곧바로 물이 뚝뚝 떨어져 버립니다. 창문이나 현관 앞, 베란다 등, 물을 많이 사용하는 곳은 수건으로 물기를 닦자마자 바로 수건이 흠뻑 젖어 버려 물방울이 떨어지기 쉽습니다. 이때 고무장갑의 손목 부분을 밖으로 조금 접어 놓으면 흘러내린 물이 그 안에 고여 고무장갑 안쪽으로 들어가는 것을 막아 줍니다.

고무장갑은 '안쪽' 청결이 생명

청소를 마친 후 고무장갑을 어떻게 하나요? 비누 등으로 겉면만 대충 헹군 후 벗어서 양동이에 걸쳐 두는 분이 많지요. 하지만 사실 이 방법은

위생적이지 않습니다.

고무장갑에서 반드시 청소해야 하는 부분은 장갑의 겉면이 아니라 안쪽이에요. 안쪽이 기모 처리된 고무장갑은 특히 더 그렇습니다. 스며든 땀과 수분 때문에 잡균이 번식하기 쉬운 상태거든요. 장갑을 벗은 후 먼저 겉면을 꼼꼼하게 빤 다음 반대로 뒤집어 안쪽까지 빱니다. 장갑을 뒤집을 때는 손가락이 달린 부분까지 뒤집은 다음 안에 물을 채웁니다. 물을 80% 정도 채운 후에 입구를 막고 꽉 잡아당기면 물의 압력 때문에 손가락 부분까지 전부 뒤집어집니다. 이 방법을 사용하면 혹시라도 물이 새는 곳은 없는지까지 동시에 확인할 수 있습니다.

고무장갑을 말릴 때는 반드시 손을 집어넣는 부분이 아래쪽을 향하도록 놓고 가운뎃손가락 부분을 빨래집게로 고정합니다. 장갑이 달라붙지 않도록 넓게 펼쳐 말립니다.

장갑이 완전히 마르면 잘 접어 보관합니다. 저

는 장갑을 두 번 반 접은 다음, 손목 부분을 밖으로 뒤집어 둥글게 말아 둡니다. 양말 접는 방법과 비슷하다고 생각하면 됩니다.

뒤집으면 장갑 안쪽의 흰 면이 밖으로 나오므로 그 부분에 유성 펜으로 '주방용' '화장실용'이라고 용도를 구분해 적어 둡니다. 그러면 다음번 사용할 때 쉽게 구별할 수 있습니다.

싱크대 배수구 세균 제거 비결

싱크대 청소를 할 때는 스펀지 외에도 조금 긴 손잡이가 달린 솔을 준비하는 것이 좋습니다.

가정용 싱크대 배수구는 트랩 구조라고 하여 구멍 안쪽에 그보다 지름이 작은 구멍 하나가 더 있습니다. 그 두 구멍 사이에 일부러 물이 고이게 해서 냄새가 위로 올라오지 않게 하는 것이지요.

작은 구멍은 배수관과 연결되어 있으므로 물을 흘려보내면서 솔이 닿을 수 있는 깊이까지 전부 문질러 닦습니다.

배수관에 붙어 있는 미끌미끌한 점액과 잡균을 흘려보내는 것이 냄새를 없애는 비결입니다. 그러므로 배수구용 솔을 따로 준비하는 것이 좋습니다.

솔로 청소할 시간이 도저히 나지 않을 때는 배수구의 고무 뚜껑을 벗기고 물이 고여 있는 부분까지 주방용 표백제를 10cc 정도 부으면 점액이 생기는 것을 방지할 수 있습니다.

대청소 때는 당연히 고무로 된 배수구 커버와 거름망, 그리고 그 아래에 있는 플라스틱 뚜껑까지 전부 벗겨서 씻어야 합니다. 불쾌한 냄새가 나지 않는 쾌적한 주방을 만들어 보세요.

✧ '출입구'에 매트 깔아 두기

현관이나 베란다 등의 출입구는 집의 안과 밖을 나누는 경계에 해당합니다. 외부의 더러운 물질이 집 안까지 들어오지 않도록 출입구에도 각별히 신경 써야 합니다.

저희 집에서는 현관문의 바깥과 안쪽에 모두 매트를 깔아 둡니다. 집에 돌아오면 열쇠를 꽂고 문을 열기 위해 멈추어 서는 장소가 있지요? 그곳에 흡수성이 있어서 진흙을 털 수 있는 매트를 깔아 둡니다.

그리고 문을 열고 들어오는 안쪽에도 커다란 실내용 현관 매트를 깔아 둡니다. 이렇게 이중으로 신경 쓰기 때문에 저희 집 현관 주변에는 흙먼지가 없습니다.

베란다 출입구도 마찬가지입니다. 베란다용 신발은 밖에 두기 때문에 흙이나 먼지를 잔뜩 뒤집어쓰고 있습니다. 그런 것들을 양말에 잔뜩 붙인 채로 집 안을 걸어 다니지 않도록 안쪽에도 매트를 깔아 둡니다.

또 현관과 베란다는 자주 쓸고 닦습니다. 그곳이 더러우면 사람이 돌아다닐 때마다 그 흙먼지를 집 안으로 들이게 되는 셈이니까요.

부엌이나 욕실의 배수구는 비교적 열심히 청소하는 사람이 많지만, 의외로 잊기 쉬운 곳이 바로 세탁기와 베란다에 있는 배수구입니다.

세탁기 배수구는 옷에서 빠진 실 뭉치나 세제 찌꺼기가 달라붙어 냄새가 날 수 있으므로 정기적으로 분해해서 닦는 것이 좋습니다. 저희 집에서는 한 달에 한 번, 전부 분해해서 씻고 있습니다.

아파트에 산다면 베란다도 신경을 써야 합니다. 배수구 주변에 나뭇잎이 가득 쌓여 물이 내려가지 않아 빗물이 넘치기라도 하면 아랫집에 피해를 입히게 됩니다. 틈날 때마다 청소하는 것을 잊지 말아야 합니다.

에어컨을 켤 때는 선풍기를 '반대쪽' 방에
틀어라

에어컨을 켤 때 선풍기를 함께 트는 것이 상식처럼 알려져 있지만, 저희 집에서는 에어컨을 사용하는 방의 '반대편 방'에 선풍기를 틀어 놓습니다.

저희 집에는 거실 옆에 남편 방 겸 드레스 룸이 있는데, 에어컨을 틀면 거실이 시원하고 쾌적해지는 만큼 옆에 있는 그 방은 오히려 덥고 습해집니다. 덥고 습한 환경에서는 곰팡이가 자라기 쉽습니다.

이를 방지하려면 집 전체를 쾌적한 상태로 유지하는 것이 중요합니다. 사람이 없는 방일수록 창문을 열거나 선풍기를 틀어 집 안 전체에 신선한 공기가 잘 흐르도록 해야 합니다.

일본 최고 청소 장인의
행복 방정식

　요즘은 많이 변했다고들 하지만, 청소부라 일컬어지는 여전히 사회적 지위가 낮은 직업 중 하나입니다. 특별한 기술이나 지식 없이 아무나 할 수 있는 일이라 생각하기 때문일까요. 단순 청소는 아무나 할 수 있습니다. 하지만 모든 일이 그렇듯 어떤 일을 '잘하기란' 참 어렵습니다. 자신의 분야에서 상위 1%가 되는 것은 더더욱 어렵지요. 여기 '청소부'라는 자신의 직업을 사랑하고, 그래서 그 분야에서 일본 최고의 자리에 오른 장인이 있습니다. 세계에서 가장 청결한 공항으로 꼽히는, 하네다공항에 근무하는 니이츠 하루코 씨입니다.

이 책을 번역하기에 앞서 니이츠 씨를 '화제의 인물'로 만들어 준 NHK 인기 다큐멘터리 〈프로페셔널의 조건〉을 찾아봤습니다. 다큐멘터리에는 니이츠 씨가 청소하는 모습이 주로 담겼지만, 무엇보다 저의 눈길을 끈 것은 아침에 사무실로 출근하는 니이츠 씨의 모습이었습니다. 일을 시작하기에 앞서 준비 운동 삼아 에스컬레이터 대신 계단을 직접 오르고, 사무실에 도착하자마자 5킬로그램짜리 아령을 들고 20분 넘게 팔 근육과 복근을 단련하는 모습을 보면서 '역시 프로는 다르구나!'라는 말이 절로 나왔습니다.

청소부는 하루 종일 몸을 움직여야 하는 고된 직업입니다. 그만큼 일하는 시간 이외에는 무조건 몸을 쉬게 해야 할 것 같은데, 니이츠 씨는 오히려 일을 더 잘하기 위해 남는 시간에도 체력을 단련하고 있었습니다. 이 책에서 니이츠 씨는 '자신의 뒤를 이을 후계 양성을 위해 쉰다섯 살까지는 지금의 체력을 유지하고 싶다'라고 이야기합니다. 그 말을 들으니 니이츠 씨가 얼마나 자신의 일을 사랑하는지 알 수 있었습니다.

이 책을 가볍게 읽고 넘긴다면 니이츠 씨가 그저 운 좋게 자신이 좋아하는 일을 한 번에 찾은 사람처럼 보일 것입니다. 하지만 그녀의 이야기를 차근차근 들여다보면 그녀가 자신의 일을 꾸준히 좋아하고, 매너리즘에 빠지지 않고 끊임없이 발전해 나가기 위해 얼마나 많은 노력을 기울였을지 짐작해 볼 수 있을 것입니다.

우리는 직업이나 진로에 대해 많은 이야기를 합니다. '평생 좋아하는 일만 하고 살 수는 없어'라거나 '좋아하는 일보다는 자신이 잘하는 일을 선택해야 해'라며 현실적인 조언을 하는 사람도 있고, '좋아하는 일을 자신의 직업으로 삼으면 괴로워진다'라고 말하는 사람도 있습니다.

하지만 그런 말을 하면서도 다들 '평생 자신이 좋아하는 일만 하면서 살 수 있으면 얼마나 좋을까!' 라고 아쉬

위합니다. 좋아하는 일을 직업으로 삼기란 쉽지 않고, 또 그 일을 프로답게 '잘해 내기란' 더더욱 쉽지 않습니다.

니이츠 씨는 이 책을 통해, 자신의 일을 싫증 내지 않고 계속 발전해 나가는 행복 방정식을 공개합니다. 그녀는 자신을 움직이게 할 작은 원동력을 일상 곳곳에서 찾아내기도 하고, 청소부라는 자신의 일을 당당히 드러내어 오히려 사람들에게 인정받기도 합니다.

자신의 일을 사랑하며 발전해 가는 긍정 에너지

이 책을 단지 니이츠 하루코라는 '한 평범한 청소부의 성공담'으로만 생각하지 말고, 최악의 상황에서도 행복을 쟁취해 가는 삶의 자세와 긍정 에너지 등, 책 속에 숨어 있는 그녀만의 소중한 조언들을 하나둘씩 찾아가며 음미해 보시기 바랍니다. 이 책을 읽는 모든 분들이 자신의 일을 사랑하며, 계속 발전해 나가길 빕니다.

황세정

지은이　**니이츠 하루코** 新津春子

1970년 중국 선양瀋陽에서 태어났다. 일본공항테크노주식회사 제2업무부 외상과 환경그룹 사원이자 일본 최고의 '환경 마이스터'이다. 17세에 일본으로 건너온 후 25년 이상 청소 일을 하고 있다. 현재 하네다공항 국제선터미널 제1터미널, 제2터미널 청소 실기 지도자로도 활약하고 있다. 1997년 '전국빌딩클리닝 기능경기대회'에서 최연소로 1위를 수상했다.

그녀가 출연한 NHK 다큐 〈프로페셔널의 조건〉プロフェッショナル 仕事の流儀은 2015년 최고 시청률을 획득하며 큰 반향을 일으켰다. 영국 BBC 방송국에서도 방영되어 센세이션을 불러일으키는 등 유명세를 타자 각종 강연 요청은 물론 집필 활동으로 바쁜 나날을 보내고 있다. 자신의 분야에서 최선을 다하며 행복 바이러스를 퍼뜨리는 청소 장인의 세계를 소개하며, 많은 이들에게 희망과 감동을 선사하고 있다.

글 정리　**스키야마 다쿠미** 杉山拓実

1985년 사가현 출생으로 도쿄대학을 졸업, 일본방송협회NHK 직원으로 입사해, 제작국 경제·사회 정보 프로그램부에서 일했다. NHK의 인기 다큐 〈프로페셔널의 조건〉プロフェッショナル 仕事の流儀의 디렉터로, 직접 취재 현장을 찾아가 인터뷰하는 베테랑 방송인이다. 2014·2015년 제1제작센터장상을 수상했다.

옮긴이 **황세정**

이화여자대학교 식품영양학과를 졸업했으며, 동대학 통역번역 대학원 일본어번역과에서 석사 학위를 취득했다. 취미 삼아 시작한 일본어의 매력에 푹 빠져 번역가의 길을 선택했다. 번역서 같지 않다는 말을 최고의 칭찬으로 여기며 오늘도 자연스러운 문장을 만들기 위해 힘쓰고 있다. 현재 출판 에이전시 엔터스코리아에서 출판 기획 및 일본어 전문 번역가로 활동 중이다.

역서로는 《와인잔에 담긴 세계사》《초일류 잡담력》《중독의 모든 것》《빨간 옷을 입으면 왜 인기가 많아질까?》《놀이의 품격》《뛰는 놈, 나는 놈 위에 운 좋은 놈 있다》《왜 옷을 잘 입는 남자가 일도 잘할까》《모나리자는 왜 루브르에 있는가》《인생의 버팀목이 되어주는 33이야기 90명언》《나라면, 그건!》《허브야 키친을 부탁해》《만화로 읽는 아들러 심리학 1~3》 등이 있다.

세상에서 가장
행복한
청소부

ⓒ 니이츠 하루코, 2017

초판 1쇄 인쇄 2017년 9월 11일
초판 1쇄 발행 2017년 9월 20일

지은이 니이츠 하루코
옮긴이 황세정
펴낸이 이성림
펴낸곳 성림북스

책임편집 임은희 디자인 노영현 마케팅 신용천

출판등록 2014년 9월 3일 제25100-2014-000054호
주소 서울시 은평구 연서로3길 12-8, 502
대표전화 02-356-5762 팩스 02-356-5769
이메일 sunglimonebooks@naver.com
페이스북 facebook.com/sunglimonebooks
블로그 blog.naver.com/sunglimonebooks

ISBN 979-11-958654-3-7 (03830)

성림원북스(성림비즈북, 성림사이언스북, 성림주니어북)는 숨가쁜 변화의 시대를
살아가는 독자 여러분에게 꼭 필요한 나침반이 되어 함께 가겠습니다.